KB131952

누구도 혼자가 아닌 시간

note to self

누구도 혼자가 아닌 시간

코너 프란타 지음 · 황소연 옮김

오브제

나를 위해

contents

시작하는 글 013

행복한 나의 공간 021

더 나은 곳의 레몬 케이크 031

무언의 끈 033

친애하는 지난날의 나에게 039

패턴들 051

담대함과 두려움 사이 057

충만한 마음 065

탐욕과 욕망 071

시작하지 않으면 잃어버릴 수도 없다 075

머리와 가슴 083

어른거리는 그림자 087

사랑을 했다 089

부서지다 099

부질없는 기대 100

순간들 108

결국은 괜찮아진다 111

지옥에 간 마음 ··· 119

그녀의 복숭아색 선글라스 ····························· 121

너 ··· 125

더 나은 날들 ·· 128

액자 ··· 131

별일 없는 날의 추억 ·· 133

핏발 ··· 138

오전의 말다툼 ·· 139

아침의 침묵 ·· 143

라치몬트에서 한 남자를 보았다 ·················· 149

핑계, 핑계 ·· 150

탈출 ··· 153

저기 분홍빛 문 하나 ·· 163

런던 ··· 164

낮 ··· 167

어젯밤 이야기 ·· 172

나의 모든 것 ·· 177

그렇게 시작하고 그렇게 헤어지고 ·············· 185

활기찬 마음 뒤의 그늘 ···································· 187

다른 사람 ··· 196

당신이 읽지 않았으면 하는 이야기 ············ 199

쓰디쓴 죽 ··· 205

심리치료사와 나눈 이야기 ····························· 207

그 일이 있기 전 ·· 216

제자리 찾기 ⋯⋯⋯⋯⋯⋯⋯⋯⋯⋯⋯⋯⋯ 219

색깔 ⋯⋯⋯⋯⋯⋯⋯⋯⋯⋯⋯⋯ 225

모래 위 발자국 ⋯⋯⋯⋯⋯⋯⋯⋯⋯⋯ 226

우리 ⋯⋯⋯⋯⋯⋯⋯⋯⋯⋯⋯⋯ 229

들불 ⋯⋯⋯⋯⋯⋯⋯⋯⋯⋯⋯⋯ 230

내 옆의 빈자리 ⋯⋯⋯⋯⋯⋯⋯⋯⋯⋯ 233

밸런타인데이 ⋯⋯⋯⋯⋯⋯⋯⋯⋯⋯ 245

그의 품 안에서 ⋯⋯⋯⋯⋯⋯⋯⋯⋯⋯ 246

옷장의 안쪽 ⋯⋯⋯⋯⋯⋯⋯⋯⋯⋯ 249

새로운 공기 ⋯⋯⋯⋯⋯⋯⋯⋯⋯⋯ 257

옛 친구 ⋯⋯⋯⋯⋯⋯⋯⋯⋯⋯⋯⋯ 261

낭비하지 마요 ⋯⋯⋯⋯⋯⋯⋯⋯⋯⋯ 265

2월의 순수 ⋯⋯⋯⋯⋯⋯⋯⋯⋯⋯⋯ 271

당장 가질래 ⋯⋯⋯⋯⋯⋯⋯⋯⋯⋯ 273

잘 들어봐 ⋯⋯⋯⋯⋯⋯⋯⋯⋯⋯⋯ 278

되고 싶은 내가 바로 나 자신이다 ⋯⋯⋯⋯ 285

믿길 때까지 반복해 ⋯⋯⋯⋯⋯⋯⋯⋯ 288

5년 뒤의 계획 ⋯⋯⋯⋯⋯⋯⋯⋯⋯⋯ 291

짓기와 다시 짓기 ⋯⋯⋯⋯⋯⋯⋯⋯⋯ 294

키스 ⋯⋯⋯⋯⋯⋯⋯⋯⋯⋯⋯⋯⋯ 298

주말 ⋯⋯⋯⋯⋯⋯⋯⋯⋯⋯⋯⋯⋯ 301

불빛을 보면 ⋯⋯⋯⋯⋯⋯⋯⋯⋯⋯ 302

아무래도 피할 수 없는 클리셰 ⋯⋯⋯⋯⋯ 307

친애하는 미래의 나에게 ⋯⋯⋯⋯⋯⋯⋯ 313

진리가 우리를 자유롭게 한다고들 하면서
듣고 싶지 않은 진리도 있다는 건
말해주지 않는다

———————————

They say the truth will set you free, but what they
neglect to mention is what happens when the
truth isn't what you want to hear

시작하는 글

나는 내향적인 사람이다. 아이러니하게도. 아이러니하다고 한 이유는, 내가 대중 앞에 나서는 일에 몸담고 있는 데다 모든 걸 공유하는 세대에 속해 있기 때문이다. 나는 날마다 SNS에 올리는 일상의 단편 말고는 내 생각이나 의견이나 글은 혼자만 간직한다. 비교적 그렇긴 한데, 믿고 지내는 몇 안 되는 사람들이 이 자리에 함께한다면 뭐든 생각나는 대로 내뱉을 것이다. 뭐든. 그러니 날 시험하지 말기를. 뚜껑 없는 컵처럼 머릿속에 든 내용물을 몽땅 쏟아낼 테니까. 그 상황과 관련이 있든 없든. 나는 모두 쏟아놓을 것이다.

반면, 다른 사람들과 관련되어 있다면 입을 다물 것이다. 나는 주의 깊게 듣고 관찰하는 사람이니까. 나는 정보를 받아들이고 주변을 분석하는 걸 좋아한다. 지금 방 건너편에 있는 여자의 신발 색깔(겨자색)도 예외는 아니다. 습관이라기보다 선택에 가까운데, 나를 둘러싼 주변의 사소한 것들을 알아차릴 때 이상하리만치 전율이 인다. 항상 그렇다.

하지만 나의 침묵에는 숨은 이유가 있다. 가끔은 남들도 내 생각을 알고 싶어 할지 판단이 서지 않는다. 지금 방 건너편에 있는 조금 이상한 여자가 겨자색 신발을 신었다는 걸 사람들이 과연 알고 싶어 할까? '아니다'에 걸겠다. 이 생각을 입 밖에 내면 분위기를 흐리진 않을까? 뜬금없는 소리를 하는 건 아닐까? 과연 내가 받아들인 것을 나눌 가치가 있을까?

나는 생각이 너무 많지만(이 책을 계속 읽다 보면 확실히 알게 될 것이다), 그게 나라는 사람이고, 그 덕에 나의 관점, 깊은 사색, 묘한 의견, 강렬한 순간, 나 자신과 내가 택한 몇몇 사람들끼리만 나누려고 했던 내밀한 대화까지도 공유할 수 있었다. 이 책은 짧은 에세이로 가득하다. 의견. 시. 생각. 감정. 맑음. 흐림. 그리고 그 중간 어디쯤. 나는 이 책을 내 마음의 스크랩북이라 생각하고 싶다. 작은 상처들의 모음집. 자아에게 보내는 편지들의 하모니.

어른이 되어 독립성이 생길수록 이 세상이 솜사탕과 너털웃음으로만 이루어지지는 않았다는 걸 깨닫는다. 부모, 형제, 어릴 적 집, 익숙한 환경 같은 애착이불을 떠나보내고 두 발로 홀로 설수록, 책임감 있게 행동하고 나쁜 결과를 최소화하고 일상의 도전을 스스로 헤쳐 나갈수록, 우리는 사회의 민낯에 눈을 뜨고, 완벽해 보이는 무대 뒤의 모습, 즉 모두들 쓰는 사회적 가면, 센 척 내세우는 간판, 본모습과 다른 페르소나를 알아차리게 된다.

나는 조금 더 특이한 삶을 사는 사람으로서 말하고 있다. 그렇다고 내가 무슨 죽을 고생을 했다거나 모든 해답을 알고 있다는 뜻은 아니다. 다만 아주 다양한 경험을 해왔으므로, 내게 일어난 일이 여러분에게도 도움이 될까 싶어 이야기하는 것이다. 나는 지금까지 유능한 척 행세하면서 그럭저럭 살아올 수 있었다.

나는 스물네 살의 남성이다. 어른으로 6년을 사는 동안 이 세상이 허락한 가장 황홀한 희열을 경험했다. 지난 2년 동안 열 곳이 넘는 나라를 여행했으며, 기업 세 개의 대표이사가 되었고 큰돈도 벌었다. 상상을 초월할 만큼 멋진 사람들을 만났고, 그 와중에 사랑에 빠져 허우적대기도 했다. 각각의 경험과 그 경험이 불러온 시행착오가 오늘의 나라는 사람을 빚어냈다. 덕분에 나는 눈을 떴고, 한 번도 할 수 있다고 생각하지 못했던 방향으로 시야를 돌릴 수 있었다. 하지만 좋은 날만 있을 수는 없다.

나는 젊은 게이로서 가벼운 우울감과 불안, 잦은 자학, 걱정, 불안정, 패배주의적 사고에 시달리며 살아왔고 한때는 나락에 떨어져 허우적거리기도 했다. 너무 우울해서 그냥 다 끝내버릴까 하는 비이성적인 생각도 했다. 사사로운 이익 문제로 이용당하고 부당하게 대우받기도 했다. 연인과 헤어지고 망가진 채 버려지기도 했다. 평생 다시없을 흑역사처럼 느껴지는 시간도 지나왔다. 하지만 신세 한탄이나 불평을 하려고 여기 선 것은 아니다. 나누려고 나선 것이다. 우리를 서로 이어주고 연결해주는 건 바로 인생의 보편적 경험이다. 나는 가끔 절망에 빠지곤 하지만 사람들의 안내와 도움을 받아 빠져나온다. 우리의 대화, 우리가 직접 겪은 경험, 우리가 나누는 진실이 사다리를 이룬다. 그리고 다른 이들에게 희망을 선사한다.

그렇다. 겉으로 보자면, 나는 지금껏 특별한 인생을 살아왔다. 매 순간이 더없이 감사했다. 하지만 조금만 깊이 들어가 보면, 나 역시 남들과 다를 바 없이 치열하게 분투하며 살아간다는 걸 알 수 있다. 나는 불완전하다. 결점이 있다. 종종 망가지고 부서진다. 하지만 사람은 누구나 그렇다. 그래서 이 실존을, 이 아름다운 혼란을 있는 그대로 받아들이려고 노력하고 있다.

'최악'이 없다면 '최선'도 그다지 달콤하지 않을 것이다. 어떤 선원도, 어떤 어부도, 어떤 선장도 잔잔한 바다에서는 실력을 발휘하지 못한다. 안팎의 폭풍우 덕에 나는 내 개성을 끌어냈고 더욱 강인해졌다. 돈과 명성, 부유한 삶이 슬픔을 보상해줄 것 같지만 사실 그렇지 않다. 그게 사실이라면 얼마나 좋을까 하고 간절히 바란다. 거기서 오는 장점이 끊임없이 나에 대해 관찰하고, 떠들고, 추측하고, 파헤치고, 판단하고, 후벼 파고, 맹비난하고, 모욕하는 이들 때문에 받는 스트레스를 날려준다면 얼마나 좋을까. 이는 대중의 주목을 받는 사람이든 아니든 모두에게 해당되는 문제다. 나는 다른 사람의 말이 내게 오랫동안 들러붙지 않기를,

내가 자기 파괴적인 생각에 굴복하지 않기를 바라지만, 엄청난 비관의 웜홀 속으로 뛰어들 때면 출구를 쉽게 찾지 못한다. 지위도, 성공도, 부도 심연을 탈출하는 사다리를 내어주지 않는다.

　나의 첫 책 『전진하는 일work in progress』이 겉으로 보이는 지금까지의 내 삶을 회고한 책이라면, 이번 후속작은 현재 나의 내적인 삶을 돌아보는 책이다. 이 책은 나를 둘러싼 온갖 것을 담고 있지만, 하던 이야기를 이어받아 계속한다기보다는 깊이 파고드는 것에 가깝다. 이제 나의 광기를 이 책에 풀어놓으려 한다. 부디 그 안에 약간의 지혜가 배어 있기를 바란다. 내게 글쓰기는 치유다. 결국은 카타르시스를 가져오고야 마는 해결책이다.

　이제부터 여러분이 읽게 될 내용은 대부분 순간적 열정에 이끌려 썼다. 지극히 암울한 문장은 내 눈에 고인 눈물과 내 마음을 휘감은 먹구름에서 탄생했다. 가장 행복했던 시간에 대한 이야기는 행복한 일이 있은 뒤 남겨두려는 마음에 기록했다. 어떤 생각이나 감정, 영감이 떠오를 때면 종이나 휴대폰에 글을 새겼다. 줄곧 생생하고 진실된 글을 쓰려고 애썼다. 한 편씩 조각조각 읽으면 허튼소리로 들리거나, 뒤죽박죽으로 보일 수도 있겠지만, 각각의 글을 한데 모아놓고 보면 세상에 대한 나의 관점을 이해할 수 있을 것이다.

　난 그저 솔직하고 싶다. 진짜라고 느껴지는 것들을 비추고 싶다. 인생은 헷갈리고, 어렵고, 압박감을 주는 데다 격한 감정과 비합리적인 행동과 결정이 난무한다. 우리가 항상 진심만을 담거나 정말 믿는 것만 말하지는 않지만, 그럼에도 나는 이 순간순간을 뒤늦은 깨달음으로 포장하지 않고 있는 그대로 포착하고 싶었다.

　이제부터 여러분이 읽게 될 이야기는 지금까지 다른 사람이 읽기를 바라며 내가 쓴 어느 글보다 내 가슴과 영혼에 가장 가까이 다가간 글이다. 나는 그 문을 조금 더 넓게 열어놓고 있다. 『전진하는 일』을 쓸 때처럼 자기 검열을 하지도 않았다. 첫 회고록이라 회고록답게 쓰고 싶었다. 아니, 이 책은 차라리 공개된 일기장에 가깝다. 이 책은 사진과 시를 통해 나의 내면에 목소리를 불어넣는다. 종이 위에 쏟아낸 나 자신이다.

우리는 누구나 인간이라는 조건 안에서 살아간다. 그것이 우리의 균형추이자 공통분모이며, 우리가 서로 공감할 수 있는 이유다. 우리는 완벽한 치유의 공간에서 살고 있다. 오늘날의 세상은 더욱 그렇다. 그런데도 나는 자주 행복하지 않고, 그래서 부끄럽다. 나는 비밀을 털어놓고 내 이야기를 들려줄 또 다른 너그러운 영혼을 만나기가 참 어려웠다. 지금까지는. 여러분을 위해서 이 책을 썼다. 하지만 사실, 이 책은 나를 위해 쓴 것이기도 하다.

행복한 나의 공간

현재 시각 오후 7시 43분. 신선한 산들바람이 저 멀리 보이는 가장 높은 산봉우리 하나를 스치고 아래쪽 골짜기로 내려갔다가 원래 왔던 구름 낀 하늘로 돌아간다. 지금 나는 지극히 차분하다. 시원한 공기의 냄새와 감촉이 아주 청량하다. 해가 진 뒤 찾아오는, 너무 춥지 않은 선선함, 기분 좋은 차가움이다. 팔다리에 소름이 오소소 돋지만, 내 반바지와 반팔 셔츠가 생뚱맞아 보이지만, 상관없다. 솔직히 상관없을 수밖에. 내 앞에 펼쳐진 저 아름다움 외에 달리 무얼 생각할 수 있을까?

여기는 자동차로 15분 거리에 있는 샌프란시스코 외곽인데, 그동안 꼭 가봐야지 하면서도 무슨 이유에서인지 한 번도 찾지 않았던 곳이다. 하지만 오늘은, 오늘은 길을 나섰다. 아침에 눈을 떴을 때 나 자신에게 약속했다. 해 질 무렵 여기 와 있겠다고. 지금 나는 마음을 다잡고 충실하게 그 다짐을 지키고 있다. 엉덩이를 이 언덕의 풀밭에 붙이고 앞에 펼쳐진 금문교와 그 유명한 만(灣)을 바라본다.

아까 차를 멈추고 밖으로 발을 내딛는 순간 나는 웃음을 터뜨렸다. 과장이 아니라, 몇 달 만에 처음으로 실컷 웃었다. 지는 해와 합작한 이 멋진 풍경이 하도 강렬하고 어쩐지 소리가 들리는 듯도 해서, 다른 모든 것이 무색해졌다. 크리스마스 아침을 맞아 들뜬 아이처럼 그저 실실

웃음만 나온다. 발끝부터 귀까지 순전한 기쁨이 차오른다. 어쩌면 아주 실없거나 살짝 과장된 소리로 들리겠지만 진심이다. 진심이고말고. 여기, 이 장소, 이 행복한 공간에 오면 어떤 기분일까, 오랫동안 상상해왔다. 나의 예감은 꼭 들어맞았다.

지금 나는 로그아웃 상태다. 모든 것을 차단하고 오로지 이 순간하고만 연결되었다. 다른 생각은 나지 않는다. 아무것도 신경 쓰이지 않는다. 그저 나와 이 풍경뿐. 황금빛 장관을 이룬 다리를 보기 위해 관광객들과 함께 언덕을 오르는 지금, 세상 다른 어디로도 가고 싶지 않다.

입이 딱 벌어진다. 장엄한 풍경에 경외심이 솟구치고 완전히 압도된다. 다리가 **어마어마하게 크다.** 인간이 이걸 만들었다니 믿기지 않는다. 넘어가는 해가 하늘을 색칠하며 다리 뒤에 따뜻한 배경을 드리웠다. 빨강, 주황, 분홍, 파랑의 줄기들. 이 아름다운 풍경은 시시각각 변한다. 그러니 모든 장면을 받아들이고, 매 순간 현재에 머물러야 한다. 정신 없이 자연의 예술 작품을 다양한 방법으로 포착해본다. DSLR, 아이폰, 부메랑, 저속 촬영, 파노라마 등을 총동원한다는 뜻이다. 그 무엇도 지금 내가 느끼는 현실에 비할 수는 없겠지만, 아무래도 좋다. 정말이지 이 순간을 살고 싶다. 몇 번이고 이 순간을 되살리고 싶다.

되도록 테크놀로지에 기대지 않으려 애쓰지만 잘 안 된다. 이렇게 아름다운 걸 보면 열정이 타오르고, 화면으로 옮기고 싶어 이상할 정도로 안달이 난다. 이 장면은 지금 내 눈에 비치는 모습으로는 두 번 다시 오지 않겠지만 나야 최선을 다해볼 순 있다. 그래서 하는 데까지 해본다. 언덕을 이리저리 뛰어다닌다. 기둥 위에 올라서고, 울타리 사이를 내다보고, 꽃밭에 누워본다. 뭐든지 한다. 그러면서 모든 각도에서 풍경을 담는다. 주위 사람들은 알 바 아니다. 이 순간에는 순간 그 자체 말고는 아무것도 중요하지 않다. 이 순간 속에서 나는 행복하다.

어느새 현실로 돌아온다. 휴대폰을 보니 한 시간이 훌쩍 지났다. 저녁 8시 45분이라고? 와, 까맣게 몰랐네. 이렇게까지 빠져든 적은 한 번도 없었다. 내가 순간에 취해 나 자신을 잊으면, 시간도 내 기쁨에 취해 자기 자신을 잊는 모양이다. 인생 뭐 있나. 이런 게 인생이지.

빛이 빠르게 사그라진다. 순식간에 쌀쌀해지고 사람들은 이제 언덕배기 뒤로 숨은 태양보다 더 빠르게 자취를 감추었다. 내 앞에는 샌프란시스코라는 도시가 빛과 함께 여전히 살아 있다. 차들이 슬금슬금 움직이고, 건물들이 은은히 빛나고, 내가 본 그 어느 때보다 크고 선명한 달이 풍선처럼 둥실 떠오른다. 이보다 멋진 밤은 없다. 그렇게 생각하자마자 그 생각은 진짜가 된다. 과장이 아니라 정말 최면에 걸린 것 같다.

몸이 덜덜 떨리기 시작한다. 흥분해서는 아니고(내가 그렇게 얼간이는 아니다! 사실은 얼간이가 맞긴 하지) 얼어 죽을 것 같아서다. 낮에 트위터(♡)를 보고 챙겨 온 스웨터를 걸친 뒤 풍경을 담으려는 미친 행동을 계속한다. 이 순간을 기념하고 여기서 어떤 기분이었는지 추억하기 위해서. 여기 이러고 있으니 내가 사색을 좋아하는 사람처럼 느껴진다. 별로 사색적이지 않은 내가 이 정도니 여기가 어떤 곳인지 감이 올 것이다.

이유는 잘 모르겠지만 평생 잊지 못할 기억으로 남을 것 같다. 나만의 행복한 장소는 어떤 느낌일까, 그동안 기대가 컸는데 기대 이상이라서였을까. 아니면 자기 검열이나 필터링이 필요 없을 만큼 단순하게 감성이 차오른 순간이라서였을까. 아니면 어른이 된 뒤로 가장 힘들었던

몇 달을 보내고 나서 다시 살아 있다는 희열을 절절히 느낀 시간이라서 였을까. 잘 모르겠다. 하지만 분명한 것은, 그 언덕에서 보낸 두 시간 남 짓은 이제 흘러가버렸고 나의 갈증은 더 심해졌다는 것이다. 나는 혼자 있는 시간을 갈망한다. 그런 마법 같은 순간을. 상념에 잠길 시간을. 장 엄한 세상을 느껴보는 시간을.

나는 혼자, 빈손으로 그곳에 올라갔다. 그리고 비록 혼자지만 아무도 갖지 못할 특별한 기억을 품고 떠났다. 그 기억은 내 것, 너무나 특별하 고 소중하게 간직할 나만의 것이다. 나이가 들어갈수록 이런 행복의 스 냅사진이 더욱 절실하다. 이런 순간들을 한데 꿰어 기다란 행복의 줄을 만들고 싶다. 인생은 이래야 한다는 걸 기억하도록. 나 자신과 주위 세 상만 느껴지는 혼자만의 시간을 가져야 한다는 걸 기억하도록. 세상은 행복한 공간으로 가득하지만 가끔씩 깜빡하고 그곳을 찾지 않거나 내 가 이미 행복한 공간에 있다는 걸 깨닫지 못하곤 한다.

어떤 경험을 똑같이 되살리기는 불가능하다. 특히 이렇게나 강렬한 경험이라면. 어떤 경험도 당시와 완전히 똑같은 감흥을 끌어낼 수 없 다. 지금으로부터 한 달 뒤, 1년 뒤, 혹은 10년 뒤 해 질 녘에 같은 장소 를 찾아가도 다르게 느껴질 것이다. 하지만 오늘 밤 이후 나는 현재를 살아가기 위해, 흘러가는 마법 같은 순간들에 집중하기 위해 조금 더 노력할 것이다. 중요한 건 이런 추억을 더 많이 만드는 일이지 그런 순 간을 되살리는 게 아니다. 내게 이 밤은 그런 의미다. 그 느낌을 다시 갈 망하게 되었다는 것. 세상이 속도를 늦추다가 거의 멈출 때까지, 나는 행복한 나의 공간에서 가만히 앉아 지켜보고, 기다리고, 귀를 기울였다.

낯 간지러운 소리지만 이 혼자만의 시간은 내 오랜 꿈이었다. 하지만 이렇게 깊은 인상을 남길 줄은 몰랐다. 나는 꿈을 이루려고 거기 갔다가 추억을 한가득 안고 떠났다. 계획하지도 예상하지도 않았다. 결국 어떤 경험의 가치는 대부분 우연에 달려 있다. 나는 운이 좋아 이 특별한 경험이 후회로 끝나지 않았다.

어찌 보면 요즘 들어 나는 많은 것을 우연에 맡기고 있다. 길잡이가 되는 나침반 하나 없이 자아를 찾기 위해 울창한 숲속을 행군하고 있다. 방금 말한 그런 찬란한 순간은 내가 올바른 방향으로 가고 있다고 알려준다. 정확히 어느 쪽이 올바른 방향인지는 모르겠다. 아직도 길을 잃고 엄청 헤매는 듯하지만, 뭐 괜찮다. 그게 지금의 상태다. 나는 계속 앞으로 나아갈 것이다. 우두커니 서 있는 것은 선택지에 없으니까. 한 발을 다른 발 앞에 내딛지 않는다면 내 인생의 행복한 장소를 찾을 수 없다.

I VALIDATE YOUR
CONFUSION
THIS LIFE IS A
BEAUTIFUL MESS

더 나은 곳의 레몬 케이크

깃털처럼 입가를 간질이는
레몬 케이크 같은 햇빛
입꼬리가 씨익
올라가는
순간
달콤한 캐러멜 냄새에
정신이 번쩍 나
현재로 돌아온다
과거는 퇴색했다
예전의 나는
작고 초라했으나
지금은
더 크게
더 높게
두 발로
당당히 서서
나를
지탱한다

무언의 끈

이런 분노, 혼란, 상심은 누구도 겪은 적 없고 겪고 있지도 않을 거라고 굳게 믿는 사람이 나뿐만은 아닐 것이다. 누구도 내 슬픔을 이해 못 해. 이렇게 질투하는 심정을 누가 알까. 지금 나만큼 혼란스러운 사람이 과연 있을까? 어떻게 다른 사람이 나를 이해하겠어?

강렬한 감정이 꿈틀댈 때마다 매번 이런 생각을 한다. 어차피 아무도 이해 못 할 텐데 뭐 하러 애써 설명해, 하며 곧바로 나 자신을 고립시킨다. 그런데 참 요상한 게 뭐냐면, 감정만큼 공감하기 쉬운 것도 없다는 점이다. 감정은 말하지 않아도 통하는 일종의 끈인데, 우리는 감정을 나누면서도 무슨 이유에서인지 그 사실을 잘 인정하지 않는다. 요즘 나는 힘겨운 시간을 보내고 있다. 나만 이 숨 막히는 감정을 겪고 있다는 잘못된 믿음 때문에 너무 외롭다.

행복하거나 슬프거나 분노하거나 좌절할 때 어떤 기분인지 모르는 사람은 없다. 언제 그런 감정을 가장 강렬하게 느끼는지도 보통은 집어 말할 수 있다. 그 감정을 얼마나 강렬하게 느끼는지는 각자 다르지만. 나의 재수 없는 날은 당신의 재수 없는 날과 전혀 다를 것이다. 하지만 우리는 누군가가 어떤 감정을 느끼고 있을지 헤아릴 수 있고 공감할 수 있다. 우리는 그런 식으로 서로 연결되어 있다. 그것이 우리의 접합

점이다. 열여섯 살짜리가 예순다섯 살 노인과 대화할 수 있고 공통분모를 찾을 수 있는 이유다. 인생은 감정의 경험이니까. 우리가 누구든 어디서 왔든, 뭔가를 어떤 수준으로 느끼게 되어 있다. 그 사실을 인정하고 받아들이면 위안이 된다. 아무도 혼자가 아니라는 뜻이다.

나의 몸부림, 나의 고통, 나의 슬픔, 나의 절망, 나의 눈물, 이것은 유별난 게 아니다. 공유할 수 있다. 일단 공유하면 고립될 가능성은 사라진다. 내가 겪고 있는 것을 수없이 많은 사람 역시 겪어왔고 겪고 있다는 걸 깨닫자 두려움과 부담, 외로움이 줄어들었다.

요즘 나는 삶이 버겁고 어떤 감정에 압도될 때면, 나만 이런 게 아니라는 사실을 되새긴다. 그러면 내 편이 되어줄 친한 친구나 가족에게 털어놓고 손을 내밀기가 훨씬 수월하다. 아무리 큰 두려움이 덮친다 해도 누구도 혼자가 아니다. 그리고 좋은 사람들은 서로의 곁을 지킨다. 다만 이 감정과 저 감정의 차이점은 뒤에 각자 다른 이야기가 숨어 있다는 것뿐인데, 그 이야기를 털어놓으면 마음의 짐을 덜 수 있다. 그리고 장담하건대, 고통마저 줄어드는 경이로운 일이 일어난다.

친애하는 지난날의 나에게

상상해보시라. 나이 열두 살의 서투른 코너를. 진짜 세상이 불안과 야망, 독립이라는 모습을 하고 그 정체를 처음으로 스멀스멀 드러내기 직전, 사춘기의 호르몬과 움트는 성욕이 뒤섞여 들끓는 코너를. 으웩. 대자연이 고약한 유머 감각을 발휘한 것이지만, 내게 열두 살은 말 그대로 모든 것이 변하기 시작한 나이였다. 1년 뒤 나는 내가 게이임을 깨닫고 청년으로 변신하기 시작했다(알고 보면 사춘기란 놈, 참 지랄 같다). 10대 후반에는 나를 둘러싼 다채롭고 복잡다단한 세상에 눈을 떴다. 그 지점에 이르러서야 나는 단지 존재하기만 하는 상태에서 벗어나 내가 누구이며 어떤 사람이 되고 싶은지 생각하기 시작했다. 내 눈에서 무지함을 싹 닦아내고 나니 삶이 있는 그대로 보였다. 삶은 복잡했다.

아래의 내용은 지난날의 나처럼 열두 살을 넘긴 모든 이에게 보내는 공개 편지다. 그때 내가 이런 편지를 받았더라면 훨씬 수월하게 헤쳐나갔을 것이다.

안녕, 코너. 난데없었다면 미안해. 하지만 알다시피 내가 지금 많이 심란해. 항상 마음이 수백만 개의 방향으로 질주하곤 해. 이해해줘.

지금 이 지점에서 지난날을 돌아보면서 이제는 잘 풀렸다고, 괜찮아졌다고 널 안심시킬 수 있어서 참 좋아. 지금 난 대체로 행복을 내뿜고 있어. 항상 그렇지는 않다는 건 너도 알겠지만. 사실, 너에게 이 말을 하기가 망설여져. 우리가 얼마나 유리처럼 연약한 존재인지 너와 나 둘 다 아니까. 하지만 나 자신에게서 한 발짝 벗어나면, 내가 얼마나 성장했는지 보여. 그 변화의 세월이 지금의 나로 이어졌다고 생각해. 점들을 하나하나 연결해보니까 내가 어떤 길을 따라왔는지 보여. 하지만 '지난날의 나'야, 부디 명심해줘. 이 변신은 오랜 세월이 걸린다는 걸. 나 자신도 그걸 모르고 지나칠 때가 많다는 것도. 지나고 나니 레이스의 현 지점에 도달하기까지 걸어온 경로가 보이는 거지. '지난날의 나'. 네가 너 자신을 볼 때보다 지금의 내가 널 더 정확하게 보고 이해할 수 있어. 사실, 나는 지금의 코너보다 어린 코너를 더 잘 이해해. 네 삶은 소리 없는 아우성이었어. 어느 방향으로 튕겨나갈지 예측할 수 없는 상태로 이리저리 흔들리는, 깜깜한 어둠 속의 롤러코스터랄까. 그러다 저 멀리 터널 끝에서 가물거리는 빛을 본 순간, 다시 돌아 심연 속으로 굴러 떨어졌지, 끊임없이 빙글빙글 돌면서.

단번에 깨달을 순 없겠지만, 열두 살부터 스물두 살까지 네 앞에 놓인 이 격동의 세월을 너도 언젠가는 고맙게 생각할 거야. 미치겠지, 나도 알아. 하지만 네가 자초한 그 고통을 소중히 여기게 될 거야. 하늘을 둥둥 떠다니기도 하고 바닥을 치기도 할 거야. 금요일 밤에 네 작고 소박한 오아시스 안에서 친구들, 가족들하고 영화를 볼 때면 명성과 부가 무엇인지 어렴풋이 짐작하게 되겠지. 그러다가 닫힌 문 뒤에서 강렬한 자기혐오를 느끼고 후회할 짓을 저지를 뻔도 할 거야. 이런 몸부림을 굳이 일일이 나열할 필요는 없겠지. 일이 자꾸 틀어지기만 하는 것처럼 느껴질 거야. 오직 너만이 그 경험들이 어떤 결과를 가져왔는지 확실히 이해할 수 있어. 다른 사람은 몰라.

하지만 친구야, 이거 알아? 깜짝 놀랄 소식이 있어. 그 모든 걸 겪고 나면 넌 예전보다 강하고 현명한 모습으로 다시 비상하게 될 거야. 네가 여전히 여기 있어서 기뻐. 여전히 발을 차올리면서 2020년을 향해 솟구치고 있어서. 넌 해내고 있어! 너를 봐! 내가 너에게 편지를 쓰고 있는 여기까지만 오면, 한숨 돌리고 수평선을 내다보면서 감사하게 될 거야. 넌 여기까지 오겠지만, 많은 노력 없이는 불가능하다는 걸 덧붙여둘게.

이렇게 하자. 기차는 생각지도 못한 곳으로 널 데려갈 거야. 그러니 느긋하게 앉아서 여행을 시작해. 맞서 싸우지 마. 즐겨. 도중에 지금 내가 뭐 하는 건가 회의감과 의문이 들 거야. 확신을 가지고 견뎌. 이날들이, 이 설명할 수 없는 여정이 네 미래와, 그보다 중요한 네 개성을 더 낫게 다듬어줄 거라고. 네 자신을 믿어야 해. 네 비전을 믿는 사람이라고는 오직 너뿐일 때가 태반일 테니까. 사람들은 네가 뭘 하는지 보긴 하겠지만 그다지 눈여겨보지 않을지도 몰라. 그들에게도 시간은 필요해. 그들 때문에 망설이진 말고. 누가 됐든 그 사람 때문에 망설이지 마. 가던 길을 계속 가는 거야. 네 비전에 몸을 던지는 거야.

넌 꼬맹이 때부터 지금까지 내내 감정의 전쟁을 치르고 있어. 그러니 세상을 대강 보지 말고 제대로 꿰뚫어볼 줄 알아야 해. 이게 네가 세상 속에서 제자리를 찾는 데 가장 쓸모 있는 도구이자 하나뿐인 길이야. 넌 감정이 풍부하니까 네 본능을 믿어봐. 내비게이션이 운전자에게 로스앤젤레스의 길을 안내하듯, 네 본능이 너를 나아가도록 이끌어줄 거야. 가끔씩 더 빨라 보이는 길이 나타나겠지만 그건 행복해질 길은 아니야. 행복은커녕 애끓는 고통만 유발하지. 하지만 그 길도 한번쯤 가볼 만해.

이제 고등학교에 있는 네가 보여. 카멜레온처럼 속한 집단에 자신을 애써 맞추는 너. 남자, 여자, 운동 잘하는 친구, 똑똑한 친구, 정치에 관심 많은 친구. 후, 종교 활동에 열심인 친구도 있어. 사람들은 10대 시절이 가장 힘들다고들 하는데, 명백한 사실이지. 많은 아이들이 외톨이라는 느낌 때문에 힘들어하곤 해. 그런데 너의 문제는 조금 달라. 너는 인간 밤비처럼 순진무구하고(초록빛 눈이랑 덥수룩한 모래빛깔 금발의 밤비) 사람들은 너의 순수하고 선량한 성품이 좋아서 너를 감싸 안아줄 거야. 고등학교에 가면 넌 멋진 친구들을 만나고, AP 수업을 듣고, 크로스컨트리 팀이 주 대회에서 우승하는 데 한몫할 거야. 하지만 네가 걸어온 길은 어느 정도는 너의 형제와 누이가 안내해준 거야. 넌 인생을 멋지게 순항하고 있지. 적어도 겉으로 보기엔 그래. 이 특권들 중 어느 것도 너의 내적 갈등을 줄여주지 않아. 넌 물밑에 잠긴 폭발 직전의 폭탄이야. 그런데 슬픈 건, 네가 폭발하고 싶어 한다는 거야. 그냥 폭발해버렸으면…… 하고 바란다는 거지. 불안감이 벌떼처럼 네 마음을 뒤덮고 웅웅거리며 어찌나 성가시게 구는지 넌 도무지 똑바로Straight(말 그대로야) 생각하지를 못해. 너의 작은 체구, 몸무게와의 전쟁, 자꾸만 갈라지는 목소리, 성 정체성에 대한 비밀…… 슬픔이 참 버겁지. 이제 알거야. 네가 그걸 감쪽같이 숨겨서 아무도 몰랐던 거야. 젠장, 전혀 몰랐던 거지. 넌 철두철미한 비밀 수호자였어. 어찌나 철저한지 엄마도 아빠도 전혀 몰랐어, 네가 네 자신을 혐오한다는 걸, 네가 네 모든 것에 염

증을 느낀다는 걸, 분노가 강처럼 네 혈관 구석구석에 흐르고 있다는 걸. 제발, 제발 들어봐. 엄마와 아빠가 너를 붙잡고 이런저런 이야기를 나누면서 괜찮냐고 묻지 않은 건, 네가 마냥 천사 같은 아이로 보였기 때문이라는 걸 알아둬. 엄마와 아빠는 그 이상은 몰랐던 거야. 넌 매일, 하루 종일 속으로 비명을 지르고 있었지만, 엄마와 아빠는 그 소리를 들을 수가 없었으니까. 매일 밤 침실 문이 닫히고 나면 네가 가면을 벗고 "난 내가 싫어"라고 고함치는 소리를 못 들었던 거야. 넌 허구한 날 그랬지만.

그런데 말이야. 엄마와 아빠는 족히 10년 동안 계속 그 소리를 듣지 못할 거야. 그러니 지금 내가 알려줄게. 내가 네 소리를 들었고, 넌 결국 이겨낸다는 걸. 나도 알아, 툭하면 자기 혐오가 네 두개골을 댕댕 울려서 원래 복잡했던 머릿속이 차분해질 정도라는 거. 그게 너에게 주어진 몫이라는 걸 인정하게 될 거야. '다르다'는 '깨졌다'와 같다는 것, 네가 '깨졌다'는 걸 받아들이게 될 거야. 고칠 수 없다는 사실을 말이야. 맞지 않는 인형은 수리가 안 된다면 버리는 게 낫지. 맨눈으로 보면 멀쩡해 보여도 현미경을 들이대면 넌 흠투성이잖아. 하지만 한 가지 비밀을 귀 뜀하자면, 너 말고는 아무도 네게 현미경을 들이대지 않아. 네가 마음 속으로 확대한 것에 단 한 사람도 관심을 기울이지 않아. 전부 네 머릿속에 있는 거니까 네 자신을 너무 다그치거나 애태우지 마.

"왜 난 다른 사람들처럼 될 수 없는 거야?" 넌 조용히 비명을 지르겠지. 네가 이미 다른 사람들과 같다는 걸 깨닫지 못했기 때문에 그러는 거야. 다른 사람들도 방식만 다를 뿐 이미 너와 똑같은 짓을 하고 있어. 각자 다른 장애와 다른 현미경으로 말이야. 모두들 자기의 괴물이 만천

하에 드러날 줄 알지만 그렇지 않아. 그건 우리의 지나친 상상력이 만들어낸 허상, 왜곡된 자아상일 뿐이지. 일단 네가 그걸 보지 않기로 하면, 곧바로 자취를 감출 거야. 그래, 아주 간단해. 지금 네가 어디에 있는지 난 알아. 네가 있는 곳을 벗어나는 방법도 알아. 내가 누군가에게 연락해서 당장 네 이야기를 들어주라고, 고통을 조금이라도 덜어주라고 말할 수 있다면 얼마나 좋을까. 모든 것이 괜찮아진다는 걸, 완벽하진 않아도 그럭저럭 흘러간다는 걸 네가 알게 된다면 얼마나 좋을까. 걱정하고 근심해봤자 고통스러워진다는 걸 알게 된다면 얼마나 좋을까. 흉터는 오랫동안 남을 테고, 지금의 네 나이에 너로 살아가는 느낌을 잊을 수도 없을 거야. 스스로 자신을 비하하면 얼마나 아프겠어. 그렇잖아? 네 자신을 믿기 시작해봐. 껍데기만 남을 때까지 슬픔이 네 속을 다 파먹도록 놔둬. 내가 그런 생각을 너에게서 싹 거둬갈 수 있다면 좋겠지만, 마음의 약한 면을 깨달을 필요도 있어. 그래야 강한 면도 깨달을 수 있지.

'다르게' 살아도 괜찮다는 걸 부디 깨닫기를. 네가 아직 발견하지 못한 너의 독특함은 장차 네 위대함의 원천이 될 거야. 최악의 네가 아니라 더 나은 너를 만들어내지. 넌 특별하게 만들어졌고, 그게 널 고장 난 인간이나 쓸모 없고 내버려도 좋은 인간으로 만드는 건 아니라는 내 말을 꼭 믿어줘. 오히려 너를 너답게 만들지. 얼마나 멋져. 네 자신을 믿어봐. 진부한 말이지만, 무릎을 탁 치게 만드는 명언이기도 해. 너보다 나은 사람은 항상 있기 마련이지만 거기에 초점을 맞추지 마. 넌 가장 똑똑한 사람이 아니야. 그건 그녀의 몫이지. 넌 가장 빠른 사람이 아니야. 그건 그의 몫이지. 넌 가장 성공한 사람도 아니야. 그건 그들의 몫이지.

하지만 이거 알아? 넌 누구보다 위대해. 다름 아닌 너 자신에게는. 그게 네 몫이야. 누구나 자신만의 재능이 있고, 각자 다른 자질로 이 행성에서 제 몫을 해. 너도 마찬가지고. 똑똑하고, 친절하고, 사려 깊고, 잘 표현하고, 창의적이고, 공감을 잘하고, 추진력 있는, 독특한 조합의 너를 아무도 대신하지 못해. 언젠가는 너도 알게 될 거야. 넌 네 마음속 정원의 눈 덮인 봉오리야. 그냥 봄이 오기를 기다려봐.

그리고 다른 사람들에게 화풀이하지 마. 너의 감정 전쟁은 강렬한 자기혐오를 일으켜서 때때로 그 불똥이 사랑하는 사람들의 삶에 튈 수 있어. 그들을 그렇게 대해선 안 돼. 그들은 아무 잘못도 없어(대개는). 그러니 귀를 쫑긋 세우고 내 말을 들어봐. 네 분노가 너 자신을 향하도록 최선을 다해. 적어도 건설적인 방식으로 표출하도록 해. 자존심이 너무 세서 자칫 사랑하는 사람들에게 상처 주는 말로 분노를 비워내고는 진심 어린 사과를 하지 못할 거야. 이 점을 명심해. 꼭 명심해. 미래에 너는 친절하고 공감할 줄 알고 분별 있는 사람이 되어 있어. 지나간 자리에 쓰러진 나무들을 남기지 마. 인간관계란 얻기 어려운 법이니 네가 아끼고 배려하는 사람들과 함께하도록 해. 사랑하는 사람들을 사랑해줘. 그들은 쉽사리 네 삶에서 최고의 순간을 만들어낼 거야.

마지막으로, 이렇게 한번 생각해보는 거야. 하고 싶은 걸 하자고. 미친 소리로 들리겠지, 알아. 넌 뭔가를 바라고 욕망하느라 오랜 세월을 허투루 보낼 거야. 무대에서 연극을 하고, 그림 수업을 듣고, 낯선 사람들 앞에서 목청껏 노래를 부르고, 학교 댄스파티에 가서 아무도 안 보는 듯 춤을 추겠지. 내 조언은 뭐냐고? 염병, 그냥 해. 나쁜 일이 생겨봤자 얼마나 생기겠어. 누가 비웃으면 어떡하느냐고? **뭘 비웃어?** 즐기면서 사는 너를? 그렇다면 그들이 꼬인 거지. 네가 꼬인 게 아니야. 다른 사람이 불편해할까 봐 좋아하는 일을 포기하지 마. 네가 네 자신에게 "아니"라고 말할수록 포기는 일상이 되고 넌 진정한 너에게서 점점 더 떨어져 나가게 돼. 원하지 않는 사람이 되려고 애쓰다간 오랫동안 네 자신을 잃게 돼. 운동을 좋아하는 애, 대학생, 전형적인 근육질 남자. 그 사람은 전혀 네가 아니니까 바보 노릇은 그만해. 무대를 다른 데로 옮겨. 내 말 믿어, 단 1초도 옛 역할을 그리워하지 않을 테니까. 정말이야.

좋아, 지난날의 나야, 이 책 속에 더 깊이 빠져들기 전에 딱 한마디만 더 할게. 언젠가 넌 행복해질 거야. 네 본능이 항상 믿어온 모습 그대로 될 거거든. 그날은 올 테니까 스스로 해낼 거라고 확신하고 위로를 얻도록 해. 부담을 조금 덜어내. 그냥 느긋하게…… 살아봐.

천천히 내게로 와. 여기까지 오면 기분 끝내줄걸. 하도 근사해서 지금 내가 열심히 설명해도 믿기지 않을 만큼. 하지만 여기가 네 목적지야. 무사히 도착하도록 최선을 다해. 신나게 즐겨봐.

가끔은 조용한 것들이
속으로는 고함치고 있어

––––––––––––––––

Sometimes the quiet ones
are yelling on the inside

패턴들

기분이 좋다
기분이 나쁘다
맑음
흐림
행복하다
슬프다

회색 지대는 어디 있나
중간에 있을 순 없나
후, 또 시작되었네

기분이 좋다
기분이 나쁘다
맑음
흐림
행복하다
슬프다

아무리 큰 두려움도 맞서는 거야
아무리 힘든 문제도 털어놓는 거야
아무리 사소해도 인정하는 거야
침묵할수록
소란은 계속돼
외면하면 사라지지 않아
퍼져나가 삶을 송두리째 흔들지

———————

confront your greatest fears

voice your biggest problems

acknowledge your tiniest issues

the longer you stay silent

the louder they become

they won't disappear if you ignore them

they will spread and affect all aspects of your life

담대함과 두려움 사이

내게는 이상한 점이 하나 있다. 나는 롤러코스터, 높은 곳, 번지점프, 스카이다이빙, 비행, 암벽등반이 전혀 무섭지 않다. 비행기 충돌이든 자동차 사고든, 어떤 '저돌적인 행동'도 두렵지 않다. 대부분의 사람들이 두려워하는 대상에 눈 하나 깜짝하지 않는데, 내가 그것들을 무서워하지 않는다는 사실은 조금 무섭다.

친구들은 내가 롤러코스터 맨 앞 칸에 앉거나, 가느다란 28인치 허리에 번지점프 줄만 하나 달랑 매고 다리에서 가장 먼저 뛰어내리는 유형이라는 걸 알고는 깜짝 놀란다. 그런 순간에 내 심장은 신기록을 경신하며 질주한다. 나는 그 짜릿함에 깨어나 살아 있음을 느낀다. 혹시 중추신경계의 어느 곳이 끊어진 건 아닐까. 두려움이나 공포심을 뇌에 전달하는 부위 말이다. 아니면 그 부위가 있긴 있는데 번지점프 세 번만에 고장이 났나?

이 '두려움 없는 코너'는 나의 내성적이고 침착한 측면과 반대되고, 내 다른 관심사나 전반적인 성격과도 결이 조금 다르다. 반면 아슬아슬함은 왠지 나를 흥분시킨다. 특별한 상황에 스스로 뛰어들어 그 상황이 아니고서는 겪을 수 없는 감정을 느끼는 게 아주 짜릿하다. 나는 죽으려고 작정한 '스릴덕후'나 아드레날린 중독자는 아니다. 삶이 나를 벼

랑 끝으로 몰아가도 당황하지 않는다는 뜻이다. 내겐 결국 모든 게 잘
되리라는 태생적 믿음이 있다. 그래서 다시 절벽으로 돌아가 뛰어내리
기가 비교적 쉽다. 운에 맡기고 그냥 떨어진다. 그 철석같은 믿음이 자
꾸만 절벽으로 돌아가게 만든다. 그 과정, 그 신뢰는 거의 맹목적인 신
앙처럼 나의 세계관에 영향을 미쳤다.

처음 스카이다이빙을 하러 갔을 때, 비행기를 돌려서 나를 대지의
어머니에게 데려다줘, **망할 놈들아!** 하는 생각은 한 번도 하지 않았다.
오히려 이랬다. *좋아…… 좋아. 준비된 건가? 이제 가도 되나? 저 아래
먹을 게 있고, 난 배고파.* 나는 난기류에 요동치는 비행기 안에서도 아
주 태평하다. *어차피 땅으로 곤두박질친다면 아무것도 할 수 없는데 겁
먹어서 뭐 해?* 그래서 그냥 음악을 듣는다. *그동안 보잉 737 안에는
"승객 여러분, 각자 자리로 돌아가서 빌어먹을 안전벨트 좀 매세요!"*라
는 방송이 흘러나온다. 뭐, 그런 식이다*

처음으로 나의 이런 점을 깨달았을 때 생각했다. *내가 진짜로 두려
워하는 건 뭘까? 언제 등골이 서늘해지고 밤새 잠을 못 이룰까?*

친한 친구나 가족에게 나쁜 일이 생겼다는 전화를 받는 순간, 그들
이 내가 어쩌지 못하는 방식과 모습과 상황으로 고통받고 있다는 소식
을 듣는 순간, 나는 곧바로 두려움에 사로잡힌다. 또한 너무 오래(개들
처럼 단 몇 시간이 아니라 은둔자처럼 내리 며칠 혹은 몇 달 동안) 혼자
있게 됐을 때, 목표를 달성하기 위해 최선을 다하지 못했을 때, 사실 나
는 내가 생각하는 사람이 아닐지도 모른다는 생각이 들 때도 그렇다.
크든 작든 거미는 무조건 무섭고(너무 뻔하지만 그래도 포함시켜야겠
다), 영화 「캐스트 어웨이」의 톰 행크스와 그의 절친인 배구공처럼, 바

다 한가운데 고립되었는데 보이는 사람 하나 없는 상황도 겁이 난다.

이제 어떤 패턴이 보이는지? 현실, 벼랑 끝에 서는 일, 위험 감수, 보험 약관과 관련된 일. 이런 것은 두렵지 않다. 반면, 비현실적인 것, 상상 속 결과, 일어날 가능성이 거의 없는 상황처럼 내 머리가 만들어낸 터무니없는 일은 두려워한다. 비행기에서 뛰어내리기? 까짓 거. 하지만 사랑하는 사람에게 끔찍한 일이 일어나는 말도 안 되는 생각에 한번 빠지면 곧장 만신창이가 되고 만다.

몇 년 전, 일 때문에 차를 몰고 가까운 도시의 수영장에 간 적이 있다. 차로 고작 15분 거리였고 전에도 여러 번 가본 곳이었다. 눈을 감고도 갈 수 있을 만큼 길을 훤히 꿰고 있었다. (성급한 판단과 막무가내식 비난은 금물이다. 나는 졸음운전을 하지 않았다. 오전 11시였고, 제정신이라면 누가 그런 짓을 하겠나?) 말하자면 그때 나는 잠깐 정신을 딴 데 파는 바람에, 다가오는 차들의 행렬 속으로 들어가려다가 정면충돌 사고를 일으킬 뻔했다. 머저리. 정신줄 놓은 얼간이. 운전하면서 딴생각을 하다니!

그런데 그걸로도 모자라 그 아슬아슬한 순간에 묘하게 기분이 좋아졌다. 설명하기 어렵지만, 몇 초 뒤 무사하다는 깨달음과 함께 '살아 있다'는 느낌이 들었다. 운명의 신이 내 귓불을 홱 잡아당기며 이렇게 말하는 것 같았다. "얘야, 너는 아직 살아 있다. 그러니 하고 싶은 걸 하도록 해라. 고맙다는 인사는 됐단다!" 무모한 짓을 하고 나니 기분이 좋았다. 좀 변태 같긴 해도.

나는 이런 종류의 '두려움'을 건설적인 감정으로 유도했고, 이것이 나의 성격을 이루는 데 큰 역할을 했다. 나란 인간은 살아 있음을, 숨을 쉬고 있음을, 맥박이 뛰고 있음을 느끼려면 상황이 아슬아슬하고 아드레날린이 뿜어져 나와야 하는 것 같다. 후, 산다는 게 참. 어쨌든 고마운 일이다. 좋은 일이든 나쁜 일이든 언제 무슨 일이 일어날지는 알 수 없는 노릇이고, 나로서는 정체불명의 두려움 속에서 맨정신으로 살아가든지, 아니면 삶의 따스한 포옹에 몸을 맡기든지 선택할 수 있다. 나? 나는 운명의 갑작스러운 입맞춤 앞에 무력하다.

자, 이제 반대편을 한번 보자.

나는 말과 글로 먹고사는 일에 뛰어들면서(솔직히 출판사가 왜 내 책을 출간하는지 **나로서는** 불가사의다) 이 일을 하지 않았다면 절대 만나지 못했을 놀라운 사람들을 많이 만났다. 그중에는 내 두 책의 편집자 잔테이와 스티브도 있는데, 나는 그 두 사람을 사랑하게 되었다. 그들은 내게 동료 이상의 의미다. 우리 셋은 나이 차이가 크지만, 나는 두 사람과 엄청나게 끈끈한 우정으로 맺어져 있다. 그들은 똑똑하고, 친절하고, 사려 깊다. 만약 자비로 책을 출간했더라면 자칫 재롱 잔치로 끝날 뻔했는데, 그들의 조언 덕분에 그것만은 피했다. 그들에게 복이 깃들기를 진심으로 기원한다. 나뿐 아니라 세상도 깊이 감사하고 있다.

그런데 두 번째 책을 쓰는 동안 두 사람의 전화를 받고 가슴이 아팠던 적이 두 번 있다. 두 사람은 석 달 간격으로 전화해 내가 들으면 세상이 무너질 법한, 어떤 사람에 관한 소식을 전해주었다. 나는 현실을 받아들이고 싶었지만 속절없이 무너지고 말았다. 정말 죽을 맛이었다. 무력감이 나를 장악했다. 일도 말도 할 수 없었다. 그저 도와주겠다는 제안밖에 할 수 없었다. 그것밖에 못 하는 내가 싫었다. 아끼는 사람들에 관한 나쁜 소식을 듣고도 아무것도 할 수 없다는 무력감. 내가 두려

위하는 건 바로 이거다. 이게 바로 내가 두려움에 사로잡히는 이유다. 그런 전화를 받으면 나는 밤새 잠을 이루지 못한다. 시계마저 더디게 간다.

말하자면, 두려움은 세계관의 문제다. 두려움의 대상은 각자의 관점에 따라 다르고, 모두가 같은 시선으로 그 대상을 바라보지는 않는다. 누구는 모퉁이 너머에 뭐가 있을지 몰라 무서워하며 잔뜩 움츠린 채 살아가는가 하면, 누구는 고개를 똑바로 치켜들고 모퉁이를 돌기도 한다. 나 역시 늘 무언가를 두려워하고, 인생은 그렇게 돌아가는 법이다. 하지만 나는 매번 극복해낸다. 대개는 두려움을 이겨낼 자신이 있다. 인간으로서 우리 이야기의 많은 부분은 해석에 달려 있다. 현상을 바라보는 관점도 매우 다양하다. 그래서 나는 한 가지 모토로 살아가기로 결심했다. 두려움을 두려워하지 않기로.

충만한 마음

지금 나는 멜로즈 거리의 어느 카페 구석에 앉아 엄청나게 비싼 아몬드우유 라테를 홀짝거리고 있다(그 사진도 올렸다. 설마 내가 누군지 모르지는 않겠죠?). 사방에서 사람들이 부산스레 들락거린다. 뭔가가 휙휙 지나간다. 많은 사람들이 안으로 들어와서 이런저런 물건들을 집어 들고 곧장 밖으로 뛰어나가 거리 저편으로 사라진다. 도요타 프리우스 열 대가 도로를 쌩하니 지나간다(갑자기 궁금해진다. 프리우스Prius의 복수형은 프리Prii일까?). 어떤 여자가 자전거를 타고 가며 멍하니 방심하다가 다가오는 자동차를 들이받을 뻔한다. 어떤 남자는 주차 단속에 걸릴세라 초록색 신호등이 켜져 있는 동안 차들 사이를 요리조리 달려서 빠져나간다.

바삐 오가는 사람들의 수를 세다가 그만 놓쳐버렸다. 스마트폰에 고개를 박고 메시지를 입력하는 사람들. 분명 메일로 '기다릴 수 없다'라는 답장을 쓰거나(기다릴 수 있으면서) 급하지도 않은 일을 SNS에 급하게 포스팅하고 있을 테지.

평범한 날 내 눈앞에서 펼쳐지는 광경에 이런 의문이 든다. **모두들 왜 이리 바쁘다고 난리지?** 왜 항상 바쁜 걸까? 왜 사람들은 항상 늦은 상태인 걸까? 걸어가면서까지 메일에 답장하지 않으면 누가 죽기라도 하나? 한 2분쯤 앉아서 심호흡하면서 한숨 돌리면 어디 덧나나? 정말 이해가 안 된다. 온 세상이 온통 미쳐 돌아가는 듯 보이는 데다 모두들 너무…… 너무…… 이해가 안 된다!

오늘날 세상에서는 시간이 점점 돈으로 변해가는 것 같다. 주변 사람들이 하나같이 워프 속도로 시간을 다 써버리고 시간 빈털터리가 되어간다. 인내심이 바닥난 나머지 정작 중요한 일, 즉 그 순간에 충실하기, 전자기기에 정신 팔지 않고 활발히 소통하기, 서로의 말에 귀를 기울이고 귀담아 듣기를 등한시하고 있다. 바쁜 삶, 정확히는 바쁘다는 우리의 관념이 우리 자신을 빼앗아가고 있다. 안타까워 미치겠다.

"몇 주 전부터 친구랑 저녁 약속을 잡으려 했거든." 어느 오후에 한 친구가 내게 말했다. "절친인데, 자꾸 일 때문에 너무 바쁘다는 거야. 하루 저녁도 시간을 못 빼다니 참 씁쓸해."

그 말에 나는 입을 꾹 다물고 고개를 절레절레 저었다. '그 여자가 누군지 모르겠지만 '너무 바쁘다'는 건 빤한 거짓말일걸. 누구나 바빠. 누구나 할 일이 있다고. 하지만 하루는 24시간이잖아. 그래, 일도 중요하지. 우린 어쩔 수 없이 업무에 시간을 엄청 써야 하지만, 이것만은 장담할 수 있어. 누구에게나 매주 주어지는 168시간을 충분히 활용하지 못해서 그런 거라고. 그 여자는 우선순위부터 정해야 할 거야.'

물론 내 말이 좀 비판적이고 냉소적으로 들릴지도 모르겠지만, 난 아무리 봐도 현대인들이 무리한 스케줄을 소화하고 있다고 본다. 누구보다 21세기에 충실한 삶을 사는 내가 이런 생각을 하다니 얼마나 아이러니한지. *혼자 낄낄 웃었다*

아침, 점심, 저녁, 서로 떼려야 뗄 수 없는 오늘날의 삶에서 우리는 어떤 일을 하든 긴박하다. 그 메일에 당장 답장해! 그 포스트 당장 공유해! 그 전화에 당장 응답해! 당장 해. 당장. 당장. 당장. 당장! 안 그러면 손해를 보고 뒤쳐질까 봐 두려워한다.

요즘 세상은 놀라운 속도로 돌아간다. 또 '요즘'이라고 해버렸다(꼭 가면 쓰고 스물네 살인 척하는 할아버지 같은 소리네). 주문한 지 몇 분 만에 식사가 나오고, 신용카드를 쓱 긁거나 스마트폰을 톡톡 두드리면 바로 결제가 되며, 근무 시간이 자유 시간과 섞이고, 하루 중 어느 때고 누군가와 연락이 닿는 이유는 우리가 단 1초도 테크놀로지에서 손을 떼지 못하기 때문이다. 후, 나열하기만 했는데도 스트레스 받지만, 이게 현실이다. 우리는 "빨리, 빨리, 빨리"를 외치는 세상을 살아간다. "맛있는 가정식을 만들고, 차분히 앉아서 서로 기분이 어떤지 이야기해가면서, 가족끼리 친구끼리 소통해보자"라고 하지 않는다. 20년 전엔 그랬는데(와, 20년 전이 어땠는지 기억할 만큼 나도 나이를 먹었네! 누가 내 심리치료사한테 전화 좀 해줬으면. 요새 25춘기인가 보다, 또다시).

나는 친구들에게 20년 전에 자랄 땐 어땠는지, 지금은 그때와 비교하면 어떤지 물어보았다. "가족끼리 모여서 밥 먹었어?" "밤에 휴대폰을 꺼놓고 신경 쓰지 않은 적 있어?" 대부분은 사랑하는 사람들과 함께 보내는 사적인 시간이 갈수록 줄어들고 있다고 말했다. 테크놀로지의 유혹에 무릎을 꿇었다고, 식사하는 동안 사람들과 어울리는 대신 텔레비전을 보거나 전자기기 화면을 넘겨본다고 인정했다. 내가 아는 대부분의 사람들은 중요한 걸 놓칠까 봐 두려워서 전자기기를 손에서 놓기 어려워하는 듯하다. 슬프게도 나 역시 같다. 이 점을 지적하는 나도 죄가 있다. 버리기 힘든 버릇이다.

전자기기는 우리 사이를 갈라놓는 휴대용 장벽이다. 우리는 기계를 집 안에, 식당 테이블 주변에, 차 안에, 심지어 연주회장에도 세워놓는다! 원래 이 기기들은 우리를 연결하려고 존재하는데, 어떤 면에서는 장벽이 되어버린다. 특히 함께 살아가는 사람들 사이의 의사소통과 교감을 가로막는다. 그래서 나는 나만을 위한 공간, 그리고 친구들을 위한 공간을 확보하려고 무진 애를 쓴다. 그 공간에서 더 이상 테크놀로지에 의존하지 않고 '너무 바쁘다'는 핑계를 밀어내면 더 반짝거리는 순간, 깨달음, 나 자신과 세상에 대한 쓸 만한 통찰을 얻곤 한다. 그럴 때면 나 자신과 데이트를 하는 느낌이다. 나 자신을 더 잘 알기 위해서는 전자기기를 끄고 나 자신과 더 많은 시간을 보낼 필요가 있다. 모호한 곳에서 벗어나 더 선명한 곳으로 들어감으로써 내가 성장한다고 믿고 싶다.

딱 1분만 멈추고 세상이 내 주위를 맴돌도록 놔두면 근사한 것들이 보이고 들리고 느껴질 것이다. 이 카페에 앉아 글을 쓰는 지금 한 번도 들은 적 없는 노래가 흘러나온다. 창밖으로는 해가 지면서 내가 좋아하는 오렌지 빛 분홍색 구름이 보인다. 옆자리의 여자도 글을 끼적이는데 일기를 쓰는 모양이다. 오른쪽에 앉은 여자는 깊은 상념에 빠진 듯 창밖을 멍하니 내다본다. 골똘히 생각에 잠긴 모습이 슬퍼 보인다. 기운 내기를! 이 말을 하니 생각나는데, 친구들은 집에 잘 돌아갔을까. 연락한 지 2주가 지났다. 잘 들어갔는지 전화 한 통 해야겠다. 아니, 그걸론 부족하지.

말하자면 현재의 나는 지금 이 순간에 집중하려고 애쓰고 있다. 꿈틀대는 불안감을 뚫고 집중해야 하는데, 불은 이미 붙었다. 내 주변과 나를 둘러싼 사람들을 마음에 한껏 담으려 한다. 세세한 부분까지 모두. 휴대폰은 무시하고. 다음 약속은 한쪽으로 밀어두고. 당장 한번 해보기를 권한다. 이번만 책을 내려놓고(이 책에 홀딱 반했다고 해도) 몇 분 동안 자기 자신과 함께하기를 바란다. 마음이 차분해지고 관찰력이 좋아지길 바란다. 세상은 계속 돌아갈 것이다. 행성 지구는 계속 빙빙 돌고, 삶은 계속 흘러갈 것이다. 중간에 난감하거나 버겁더라도 잊지 말고 잠시 한숨 돌려보자. 다른 사람을 위해서, 그리고 당신 자신을 위해서. 아무도 당신에게 강요할 수 없다. 오직 당신 자신만이 그럴 수 있다. 그럼 나는 뭐냐고? 내가 뭐라고 지금 당신에게 이래라 저래라 하느냐고? 모르겠다. 이제 그만 글쓰기를 멈추고 친구들에게 전화를 걸어야겠다는 생각뿐이다.

탐욕과 욕망

우리가
받을 줄만 알아서
세상이 주는 건데
우리의 바람과 욕구로
일구었다 생각하고
믿는
우리는
얼마나 순진한지

아, 얼마나 가여운지

시작하지 않으면 잃어버릴 수도 없다

한때 내 침실에는 창문들이 연이어 있어서, 낮에는 좋은데 이른 아침에는 좋기는커녕 떠오르는 태양의 햇살이 무단으로 침입하곤 했다 (그래도 창문마다 흰색 나무 덧창이 붙어 있어 편리했다).

2014년 3월 17일 아침 9시쯤, 나는 침대에서 잠을 자고 있었다. 무슨 꿈을 꾸었는지는 기억나지 않는다. 다만 꿈이 점차 흐릿해지더니 흔들린다고 느꼈던 것만 기억난다. 아니, 나는 실제로 흔들리고 있었다. 눈을 뜨지는 않았지만 나무 덧창이 삐거덕거리면서 방 전체가 위아래로 움직였다. 나는 영문을 몰라 벌떡 일어나 앉아 눈을 떴다. 땀에 흠뻑 젖은 채로. "무슨 일이지? 꿈이야, 현실이야?"

몇 초가 몇 분처럼 흐른 뒤 흔들림은 멎었다. 그냥 멈췄다. 지진이구나. 생애 첫 지진이었다. 침실이 보트처럼 흔들렸을 때, 아무런 경고 없이 앞뒤로 부르르 뒤흔들렸을 때, 나는 깨달았다. 통제할 수 없다는 걸. 전혀. 조금도. 속수무책. 세상이 뒤흔들리는데 나는 그걸 막기 위해 아무것도 할 수 없었다. 그 깨달음의 순간, 땀에 젖은 머리 위로 마법처럼 불빛이 반짝 켜졌다. 나는 아무것도 통제할 수 없구나. 원하든 원치 않든 이런 일은 일어나겠구나. 배려가 담긴 어떤 안내문도 우리 집으로 배달되지 않겠구나.

정신줄을 놓을 법도 한데 나는 다시 침대에 누워 생애 첫 지진 체험을 재빨리 트위터에 업데이트했다(변하지 않는 것들도 있는 법이다).

내가 늘 애를 먹는 게 하나 있는데, 바로 통제할 수 없는 상황을 상대하는 일이다. 나를 아는 사람이라면 여기서 고개를 끄덕거리겠지(*조용히 키득거리면서*). 내가 첫 번째겠지 기대하면서 갔는데 웬걸, 긴 줄이 늘어서 있고 내 순번이 다섯 번째라거나, 밖을 돌아다니고 싶은 날 갑자기 비가 온다거나, 친구가 약속 시간이 다 되어 갑자기 약속을 취소할 때. 모두 내가 어찌지 못하는 상황이다. 인생은 통제할 수 없는 사건의 무한 반복이다. 잠에서 깨어나는 순간부터 잠드는 순간까지 통제할 수 없는 일들을 맞닥뜨리는데, 막을 힘이 없다. 그 변덕 앞에 속수무책이다. 세상은 그렇게 돌아간다. 하지만 이걸 아는지? 그래도 괜찮다.

아니, 다른 사람이 주도권을 쥐고 있잖아, 하고 생각하는 분들, 일단 거기서 생각을 멈춰보라('네가 뭔데?' 하는 생각도 접어두고).

나는 꼬맹이 때부터 일정 짜기를 제일 좋아했다. 통제하고 있다고 느끼고 싶어서라기보다, **우리에게 얼마나 통제력이 없는지** 실감하면 겁이 났기 때문이다. 생각해보면 우리는 우리 바깥의 무엇 하나 통제할 수 없다. 솔직히 자신조차 통제할 수 없다. 우리는 그 끝없는 굴레 속에 살고 있고, 타협 말고는 뾰족한 수가 없다.

말했다시피 나는 미지의 것을 한 번도 편하게 대한 적 없지만, 나이 들수록 세상사가 원래 이렇지 하고 받아들이고 있다. 덜 안달 내며 자유롭게 살고 싶다면 괜한 걱정은 과감히 버리자(이 말 참 넌더리나네)!

나이가 들면 책임감이 생기고, 책임감이 생기면 불확실성을 인정하게 된다. 특히 어른이 된다는 건 눈을 가리고 캄캄한 어둠 속을 나아가는 일과 같다(그렇게까지 깜깜하랴마는, 내가 워낙 호들갑스러워서!).

내가 줄기차게 되새김질하는 진실이 하나 있다. 나는 아무것도, 진짜 쥐뿔도 모른다는 사실이다. 아무리 내가 꽤나 똑똑하고 유행을 앞서가는 사람이라고 생각하고 싶어도, 알면서 하는 일보다 아무것도 모르고 하는 일이 수천 배는 더 많다. 하지만 인생의 묘미는 그 여정에 시작과 끝이 있다는 데 있다. 나는 그 과정에서 수천 가지를 배울 수 있다. 아니, 배우기를 바란다. 나는 그저 열심히 나아가면서 배우고 세상에 대한 지식을 차곡차곡 쌓을 뿐이다. 그렇게 의지를 불태우는 것 말고는 할 수 있는 게 별로 없다. 누구나 마찬가지다. 내가 모르는 더 큰 무언가가 존재한다고 믿어야 한다. 가진 패를 모두 내려놓고 맞닥뜨린 것을 상대할 수밖에.

오늘 나는 공항에서 보안 검색대를 통과하는 줄에 서 있었다. 구름 한 점 없는 화창한 로스앤젤레스의 전형적인 일요일이었고, 공항에 올 때 우버 기사는 마음에 쏙 드는 음악을 틀어주었다. 실제로 이 도시 사람들은 비교적 태평하고 자기 할 일만 하는 듯하다. 그런데에, 공항에서는 아니더란 말이지.

(내 생각엔) 지옥이 어떤 곳인지 실시간으로 맛보기에 공항만 한 곳이 없다. 짜증 나고, 시끄럽고, 솔직히 아주 그냥 징글징글하게 불편하다(지옥 체험이랄까). 그날 나는 그 지긋지긋한 공항에 갇혀 있었다.

차에서 내린 뒤 보안 구역 쪽으로 가려고 공항 터미널 모퉁이를 돌았을 때, 토 나오게 거대한 줄이 내 눈앞에 딱 나타났다. 으악, **기다리기 싫은데.** 제발!

이미 예상한 바였다. 진짜다. 내가 어디를 가든 여정이 순조롭기만

하리라고 기대하지는 않는다(그런 기대는 순진한 이들의 몫으로 남겨두겠다). 복병은 길 곳곳에서 끊임없이 나타나는 법이다.

그 꿈틀거리는 괴물 같은 보안 검색 줄에 합류했을 때, 날카롭고 거슬리는 목소리들이 주위에서 터져 나왔다.

"이 줄은 왜 이리 **느려 터졌어?**" 서류 가방을 든 어떤 남자가 말했다.

"말도 안 돼. 불편 신고할 거야!" 포인트 카드를 든 정장 차림의 애송이가 말했다.

"어떻게 사람을 이렇게 오래 세워둘 수가 있어!" (무려) 15센티 힐을 신은 여자가 말했다.

배고파. 반대편에 도넛 가게가 있으려나. 내 마음속 목소리였다.

나는 속으로 키득대기 시작했다. 이 사람들 뭐지? 자기들이 무슨 왕족이라도 되는 줄 아나? **줄이 좀 징그럽게 길다고 세상 끝나는 것도 아닌데.** 아무도 어쩔 수 없는데, 왜 무슨 수라도 있다는 듯이 불평하지? 완전히 불가피한 상황인데. 왜 에너지를 낭비할까? 때가 되면 당연히 모두들 벗어나게 될 텐데. 진정 좀 하지. 이 상황을 무슨 수로 피하겠어. 꼭 그래야겠다면 트위터에 수동 공격적 글이라도 올리든가.

나는 이럴 때 나 자신이 기특하다. 아주 기특해 죽겠다. 왜냐하면 배우고 있으니까. 말로 그치지 않고 실천하니까. 나는 흘러간 시간에 대해서 깊이 생각하지 않고, 그 점이 마음에 든다. 이런 상황이 되면 나는 세상을 향해 일시정지 버튼을 누르고 내 몸에서 벗어나 주위를 둘러보며 결과가 바뀌지 않으리라고 인정하고는, 어깨를 으쓱거린 다음 다시 몸 안으로 뛰어들어 심호흡을 하고 진득하게 기다린다. 그렇게 잠시 시간을 멈추면 효과가 있다. 몇 분 뒤 줄은 고통스럽게 느릿느릿 움직였지만, 결국 나는 충분히 여유 있게 탑승 게이트에 도착했다. 그리고 뜻밖에 줄을 길게 섰다고 해서 죽은 사람은 없었다! 와우, 알다시피 말이다!

상황을 받아들이는 일이 식은 죽 먹기인 양, 그저 극복해야 할 지긋지긋한 선진국병에 불과한 양 말한 느낌이 없지 않지만, 핵심은 전달되었으리라 믿는다. 일은 그렇게 풀렸고, 나는 곧바로 이런 생각을 떠올렸다! *좀 미뤄져도 그냥 받아들일 것! 적어놓자. 하!*

내가 보기에, 이런 수용의 핵심은 잠깐 멈추고 맑은 정신 상태로 자신이 처한 상황을 가늠하는 것이다. 한번 해보길. 뭔가 미뤄지거나 시간이 촉박한 상황에서 허둥대거나 스트레스 받지 말고 스스로에게 이렇게 물어보는 것이다. "이 상황을 바꾸기 위해 내가 할 수 있는 일이 있을까?" 없다고? 그래, 그럼. 기다리면서 심호흡을 하면 십중팔구 상황은 저절로 바뀐다. 명심하자. 참는 자에게 복이 온다. 우리들 어머니 말마따나.

까놓고 말해서, 우리는 대부분 자신에게 통제력이 없다는 걸 잘 인정하지 못한다. 자신이 상황을 통제할 수 있다는 가정을 깔아둔 채로 노력하고 싶어 한다. 실제로 어느 정도는 상황을 통제할 수 있기도 하다. 하지만 통제력을 벗어난 사건들이 벌어지기 시작하면, 자기 자신에게 현실을 일깨워주자. "이건 내 통제력을 벗어난 일이고, 괜찮아질 거야." 한마디 한마디 모두 믿을 수 있을 때까지 되뇌자. 이미 엉망이 되었다면 고칠 수 없다. 가끔은, 아니, 대개는 인생의 변덕에 떠밀려 흘러갈 필요도 있다. 그냥 흘러가자.

머리와 가슴

뇌는 자주 모호하게 이야기하지만, 심장은 우리를 진실로 이끈다. 진짜다. 그래서 나는 점점 머리보다는 가슴으로 생각하고 있다. 그럼 이렇게들 말하겠지. *잠깐. 가슴으로 생각한다는 게 무슨 말이야?* 부모님이나 선생님이 "네 어깨 위에 얹힌 그걸 좀 써먹도록 하렴!" 혹은 "뇌를 갖고 태어난 데는 다 이유가 있단다!" 하는 세상에서는 특히 더 그렇다.

이 말을 딱히 반박할 생각은 없으나 가슴heart도 다 이유가 있어서 주어졌다는 게 내 입장이다(뭐니 뭐니 해도 우리는 심장heart이 있어서 살아 있다). 우리는 더듬어가면서 느낌으로 길을 찾기도 한다. 과연 우리가 끊임없는 골칫거리와 원대한 사안을 이성적으로만 다루며 살아갈까. 모르겠다. 이성은 선택지를 따져보고, 찬반양론을 검토하고, 순간적인 생각을 걸러내기 위해 존재한다. 하지만 내가 보기에 중대한 결정은 가슴을 거쳐야 최선의 결과를 낳는다. 나는 큰 결정을 앞두면 스스로에게 묻는다. 내 가슴이 그 생각을 좋아하는가? 내 가슴이 '생각'하게 하고, 무엇이 옳은지 느껴보게 한다.

내 말 오해하지 말기를. 나는 뇌도 많이 사용한다. *정말?* 두뇌는 인간이 사용하는 가장 중요한 도구라고 생각한다. 하지만 내게는 가슴의 의견이 우선이다. 내 머리는 불확실함으로 가득하다. 언제나 그래왔고 언제까지나 그럴 것이다. 머리는 기존의 지식과 경험을 근거 삼아 모든 것에 질문을 던지고 상황을 뒤집어본다. 하지만 그러면 정신이 번잡해지고 정보가 웅웅거려 쉽게 길을 잃어버린다. 구름이 곧바로 머릿속을 장악하고, 짙은 안개가 판단력과 의사결정을 할 수 있는 잠재 능력을 가려버린다. 모호한 게 당연하다는 소리가 아니다. 모호함을 옹호하고 싶은 마음은 조금도 없다. 가슴은 유리알처럼 투명하게 진실을 말한다. 인생에서 가장 혹독한 시련을 어떻게 극복해야 하는지, 가슴은 해답을 알고 있다. 어떻게 아는지는 모르겠지만 그냥 안다. 내가 그 해답을 믿는다는 게 가장 중요하다. 나는 이성보다는 감성을 믿기 때문에 감성을 더 선호한다. 이성을 믿지 않는 이유는, 이성에는 필터가 너무 많기 때문이다(나를 휘두르거나 걱정하게 만드는 수많은 토끼굴과 샛길도 바로 이 가짜 생각들이다). 이성은 나와 게임을 하려 들고, 변덕스러워서 근거 없는 걱정과 두려움, 환상을 만들어낸다. 하지만 가슴은 다르다. 순수하다. 걸러지지 않았다. 편견이 섞이지도 않았다. 오로지 진실밖에 모른다. 가슴이 바라보는 진실은 오직 하나고 어두운 길을 비추는 빛도 하나다. 가슴은 본디 현명하다.

현대사회가 종종 두뇌보다 못 미더워하는 신체기관을 믿는다는 게 솔직히 두렵기도 하지만, 가슴 덕분에 우리는 계속 숨을 쉬고 존재할 수 있다. 남들은 어떤지 모르지만, 나는 가슴을 북극성처럼 믿고 따른다. 감성은 내 마음속 나침반의 바늘을 움직이고, 나는 그 감성의 지휘에 따른다. 감성이 하는 말을 경청한다. 귀담아듣는다. 지금도 그 속삭임과 아우성이 들려온다. 이번엔 내게 무슨 말을 하려는 걸까?

어른거리는 그림자

PM 9시 31분

도시 위를 배회하는 구름처럼
머리 위를 끝도 없이 어른거리는
그림자가 있었다
우리는 그것이 질병인 양
해를 찾아 산으로 달아났지만
그곳엔 그저 비가 내리니
우리도 그저 도망자였다
아직까지도

사랑을 했다

오늘 내 마음은 짓밟혔다. '짓밟혔다.' 하, 이건 삭제. 짓밟히기는 무슨. 바로 오늘, 내 가슴은 갈가리 찢겨 땅바닥에 내팽개쳐진 뒤 힘껏 짓밟히고 으깨져 흙속에 묻혔다. 흙으로 분해되었다. 지금 내 기분이 딱 그렇다. 글로 쓰려니 기분이 이상하긴 하지만, 어떻게든 조금이라도 극복해야 한다. 이제부터 가감 없이 터놓고 이야기할 테니 너그럽게 봐주었으면 한다.

2년간의 관계는 내 눈앞에서 박살이 났고, 아무것도 남지 않았다. 한 번 더 말한다, 나는 아무것도 할 수 없었다. 눈앞에서 자동차 충돌 사고를 슬로모션으로 바라보는 기분이었다. 일은 벌어지고 당사자는 충격을 각오하면서 피해가 최소한으로 끝나기를 기도하는 그런 상황 말이다. 부질없는 바람인 줄 알면서도. 뭐 그런.

딱 그런 기분인데, 본론으로 들어가기 전에 어쩌다가 이 지경이 됐는지부터 되짚어봐야겠다.

나는 10대 시절의 거의 모든 시간, 그리고 성인이 되고 나서 처음 얼마 동안 게이임을 밝히지 않는 이른바 벽장 게이로 살았고, 그 경험은 사랑과 성, 관계에 대한 나의 가치관에 결정적인 영향을 미쳤다. 성장기에 주변인들은 하나같이 '사랑'이라는 것을 매일 느끼는 듯했다. 이른바 '사랑이 꽃피는 청춘'이었다. 하지만 나는 한 번도 그런 적이 없었다. 친구들처럼 사랑의 열병을 앓지 않았다. 아니, 그런 적이 있긴 한데, 내 '사랑의 열병'은 강요된 것이었다. 남자와 여자가 어떻게 서로 좋아하게 되는지는 잘 알고 있었으므로, 나는 여자에게 조금이라도 마음이 끌려야 한다고, 스무 살 때까지 해마다 나 자신을 몰아붙였다. 그리고 매번 성공을 거두었다! 성공을 어떻게 정의하느냐에 따라 다르겠지만, 나는 오랫동안 몇몇 여자애에게 일정 수준의 감정을 끌어낼 수 있었고, 주변 사람을 모두 속일 수 있었다. *득점 성공. 대성공.* 하지만 나는 나 자신과 당시 사귀던 가엾은 여자들을 속이고 있었고, 끝내 뚜렷한 이유 없이 여자들의 마음을 아프게 했다. 그저 '아무 느낌이 없다'는 이유였는데, 물론, 사실이었다.

매번 여자를 어찌나 순식간에 잊었는지 몹시 씁쓸했던 기억이 난다. *아무런 느낌이 없어.* 늘 생각했다. 내 감정은 잠시나마 '정상인' 노릇을 하기 위해 완벽히 조작된 가짜였다. 그 결과 사랑에 대한 개념은 헝클어졌고 시간이 가면서 왜곡되었다. 솔직히 말하면, 사랑이 실제로는 존재하지 않는다는 믿음마저 슬슬 들기 시작했다. 도무지 느껴지지가 않는데 어떻게 존재하겠어? 의구심이 들었다. 가슴에 검은 구멍이 뚫린 듯, 허무로 통하는 웜홀이 있는 듯 허전하기만 했다. *모두들 꾸며내는 거 아닐까? 그런 생각이 들었다. 아니면 내가 잘못된 걸까? 나는 그런 감정을 느낄 수 없는 인간인가 봐.* 이렇게 결론 내리고 체념하고는 그냥 적응하는 게 좋겠다고 나 자신을 달랬다. *난 고장 난 게 분명해. 끊임없이 노력하는데도 결과는 늘 똑같아.* **난 고장 난 게 분명해⋯⋯.** 나는 침대에 누워 이불을 덮어쓰고 눈물을 흘리며 생각하곤 했다. 이런 일은 오랫동안 반복됐다.

그러다가 2014년 무렵 나의 성 정체성을 받아들이고 공개적으로 인정하는 쪽에 서기 시작했다(가까운 사람들에게 때를 봐서 털어놓았다). 누군가에게 사랑에 빠지면 어떤 느낌인지 서서히 알 것 같았다. *남자라면 사랑할 수 있겠어!* 그런 생각이 들기 시작했다. *이런, 남자랑은 결혼할 수도 있겠어.* 대수롭지 않아 보일 수도 있겠지만 내 입장에서는 돌파구였다. 특히, 사랑과 결혼은 남녀 사이에만 가능하다는 고정관념이 있던 내게는 생각의 대전환이라 할 만했다. 그럼에도 다른 남자와 영원히 함께한다는 것, 그를 진심으로 사랑한다는 것은 여전히 안갯속에 있었다. 또한 사랑에 빠지면 대체 어떤 느낌인지 거의 몰랐다. 한 사람과 같이 있고 싶은 욕망과, 평생을 함께하고 싶은 욕망은 엄연히 다르다. 짝사랑과 사랑이 많이 다르듯이. '영원히'라는 단어가 머릿속에서 점차 얼마든지 가능한 것으로 변해갔다. 하지만. 내가. 어떻게. 그럴까? 도저히 감이 오지 않더니…… 그 순간이 왔다.

사랑에 빠졌다는 사실을 언제 알게 됐는지 콕 집어 말할 수는 없지만, 분명 캘리포니아로 이사한 일과 관계가 깊을 것이다. 일단 게이에게 개방적인 환경에 속하고 나니 남자가 남자를(그리고 여자가 여자를) 사랑하는 일이 정상이라는 걸 금세 이해할 수 있었다. 얼마나 아름답던지. 나는 사랑의 폭넓은 스펙트럼에 깜짝 놀랐다. 존경심과 경외심이 들었다. 알다시피 나는 대단히 시각적인 사람이다. 서부 할리우드에서는 게이들을 흔히 볼 수 있다. 그들은 어디에나 있고, 자기가 어떤 사람이든, 누구를 사랑하든 당당하고 솔직하다. 내 눈에 그보다 신선한 광경은 없었다. 공공장소에서 거리낌 없는 게이 커플을 보면 아직까지도 그렇게 설레고 흐뭇할 수가 없다. 뭐라 말할 수 없이 영혼이 환해진달까. 그런 커플은 내게 희망의 상징이 되었다. 나도 그들처럼 될 수 있다는 생각이 들었다. 사랑할 수 있다는, 행복해질 수 있다는. 소망해왔던 미래를 실제로 꿈꿀 수 있게 된 것이다.

정확히 어떤 계기로 이러한 돌파구가 열렸는지 궁금하겠지만, 자세한 이야기는 하지 않으려고 한다. 알다시피, 가슴 찢어지는 아픔은 누군가에게 가슴이 찢겨봐야 알 수 있다. 2014년 후반에 나 역시 그런 일을 겪었다. 무섭게 사랑에 빠졌고, 지는 해처럼 빠르게 추락했다. 서서히, 그러다가 빠르게, 그러다가 순식간에.

불꽃이 번쩍하고 일더니 온 세상이 총천연색으로 물들면서 나도 모르게 푹 빠져버렸다. 바로 그때 깨달았다. 사랑이 무엇인지, 어떤 모습인지 갑자기 깨친 것이다. 사랑은 실체로 다가와 내 마음을 사로잡았다. 때가 되면 다 알게 된다는 흔해빠진 상투적 문구는 진실이었다. 그 느낌은 강렬하다. 수천 마리의 나비가 날아든다. 감전된 듯 짜릿하다. 아무리 애를 써도 터지는 미소를 참을 수 없다. 내 안에서 뭔가가 활활 타오른다. 사랑하는 사람과 함께 있으면 하늘을 둥둥 날아다닌다. 떨어지면 그저 같이 있고 싶다는 바람뿐이다. 오로지 그 생각뿐이다. 이 희열을 얼마든지 더 늘어놓을 수 있지만 이 정도로도 충분히 전달되었으리라 생각한다. 당시 나는 존재하는 줄도 몰랐던 어떤 마력에 단단히 붙잡혀 있었다. 사랑을 하고 있었다. 현재 나는 아침 식사 메뉴부터(달걀프라이 반숙) 아버지에게 방금 받은 웃긴 메시지까지("방금 너한테 두 번 전화한 거 잘못 건 거야, 하하") 삶의 많은 면을 세상과 공유하고 있다. 나는 활짝 열려 있는 사람이지만 개인적인 인간관계에 대해서는 어떤 종류든 간에 거의 털어놓지 않는다. 친구든, 가족이든, 남자 친구든. 그게 내가 설정해놓은 한계선이다. 어떤 부분은 사적으로, 개인적으로 오롯한 나만의 영역에 소중하게 간직해야 한다. 나는 그 한계선을 꼭 지키고 있고, 감사하게도 대부분의 사람들이 존중해준다. 그런 신조에 따라 여기서 속속들이 밝히지는 않겠지만, 그렇다고 해서 지금 이 순간의 내 감정을 공유하지 못한다는 뜻은 아니다. 요즈음 나는 전에 없던 감정을 느낀다. 사랑이 수반하는 위험하고 가장 나쁜 감정. 비통함. 안타깝게도 비통함은 특별할 것 없는 보편적인 감정이다. 우리 모두가 경험해봤고 이해해본, 혹은 언젠가는 이해하게 될 약함이다.

내 가슴은 무너졌다. 2년 동안 수많은 경험과 비밀을 공유하며 내 전부를 내주었지만…… 나는 짓밟혔다. 이런 기분은 한 번도 느껴본 적이 없다. 파괴된다면 이런 느낌일까. 다시 털고 일어날 수 없을 것만 같다. 외톨이가 된 것 같고, *실제로* 혼자다. 빌어먹을 2년 동안 한 번도 혼자 지낸 적이 없어서 혼자가 되면 어떨지도 잘 모르겠다. 까맣게 잊어버린, 기억하고 싶지 않은 일을 억지로 끄집어내려 낑낑대고 있다. 징그럽다, 정말. 동네 모퉁이 커피숍에서 키보드를 두드려 이 글을 쓰는 지금도 벌벌 떨리는 몸으로 눈물을 삼키면서 정신줄을 놓고 퍼지고 싶은 충동과 싸우고 있다. 손에 힘이 잔뜩 들어간다. 속도 조금 울렁거린다. 망할, 이건 정말이지 최악이다.

가장 힘든 건 내가 이렇게 되리라고 예상했다는 점이다. 나도 젊고 그도 젊다. 그러니 불가피한 일이었겠지. '청춘의 사랑은 오래가지 않는다'는 게 여러 사람의 의견인 듯하다. 세상에는 수많은 사랑이 있고, 어느 하나에 정착하기 전에 조금씩은 겪어봐야 한다는 말이 있다. 맞는 말인지는 잘 모르겠다. 많은 사람이 그렇다고 해서 꼭 모든 사람에게 해당될까? 절대 아니다. 아무리 애를 쓰고 나를 내주며 헌신해도 관계를 유지하기에는 부족하다. 누구를 손가락질하기도 그렇고, 변명하기도 어렵다. 누구도 나쁜 사람으로 만들고 싶지 않기 때문에 더 이상 밝힐 수는 없다. 하지만 이 새롭고 강력한 감정이 이성과 뒤섞여, 어떻게 생각하고 무얼 믿어야 할지 통 모르겠다. 여기 이렇게 앉아 있지만, 모르겠다. 그냥 모르겠다. 아무것도.

사람이 이렇게 느낄 수도 있구나. 한때 사랑이 낯설었듯이, 이 고통 역시 상상도 못 해본 것이다. 아주. 징글징글하다. 하지만 이 역시 사랑이다. 사람들은 사랑만큼 실연에 대해서 끊임없이 이야기한다. 솔직히 실연 이야기가 더 많이 들려온다. 고통은 사랑이라는 동전의 다른 면이다. 사랑의 존재와 부재가 공존하는 동전. 관계가 끝나도 감정의 앙금은 가시지 않고 아물지 않은 쓰라린 상처처럼 나를 괴롭힌다. 내 세상은 거꾸로 뒤집혔다. 온몸이 소리친다. **도망쳐. 여기를 벗어나. 멀리 도망쳐.** 그런데 어디로 달아나야 할지 모르겠다.

모르는 사이에 목숨이 위태로운 지경에 몰린 기분이다. 이유는 모르겠지만 머리가 당장 멈추라고 소리친다. 뭔가 잘못되어 나쁜 일이 터지기 전에 당장 멈춰야 할 것 같다. 맞서 싸우거나 도망가야 하는 상황처럼, 사랑도 아드레날린을 폭발시키는 모양이다. 나는 오직 과거로 달아나서 지금 일어나는 일을 멈추고 어제로 돌아가는 방법을 알아내고만 싶다. *어떻게 해야 멈출 수 있을까? 어떻게 해야 고칠 수 있을까? 무슨 수가 있겠지. 뭐든. 이건 꿈이야. 진짜가 아니야. 실제로 일어나는 일이 아니야. 두 시간 전만 해도 모든 게 좋았는데. 어쩌다 이렇게 됐을까? 왜*

이 지경이 되도록 가만히 있었을까? 너, 왜 이렇게 되도록 놔둔 거야?

네가 이랬어. 네가 한 짓이야. 돌아가서 고쳐놔.

제발.

내가 억지를 쓰고 있다는 거 안다. 하지만 다른 길이 보이지 않는다. 환장한다는 게 바로 이런 거겠지. 참 이상하다. 뭐든 해서 마음을 추슬러야 하는데 그럴 자신이 없다. 아직 누구에게도 이 일을 털어놓지 않았다. 누군가에게 말하고 나면 현실이 될 테니. 외면하면 이 슬픔이 사라지려나? 오랫동안 없었던 일인 척하면, 그의 옆에서 깨어날 수 있을까? 그냥 악몽에서 깬 것처럼.

격앙된 상태로 감정을 써 내려가면 속이 시원해질 줄 알았는데, 상처만 더 들쑤셨다. 기대와는 달리 별로 도움이 되지 않는다. 뭔들 도움이 될까마는. 나아질 수가 있기나 할까. 이제껏 한 번도 여기까지 온 적이 없는데. 여기까지 오기를 바란 적도 없고.

그와 나는 두 번 다시 아무것도 함께할 수 없다는 생각이 머리에서 떠나지 않는다. 더 이상 '우리'는 존재하지 않는다. '우리'는 헤어졌다. 헤어졌다는 사실이 뼈아프게 다가온다.

미안, 더 이상 못 쓰겠다. 잠시 혼자 지내면서 그냥…… 울어야겠다. 울면 도움이 되려나. 그러다 보면 잠들겠지. 잠들면 고통은 잦아든다.

망할. 슬프다. 맥 빠지는 소리 해서 미안합니다.

난 괜찮을 겁니다.

결국은.

부서지다

산산이 부서졌다
그렇게
헤어지고 나서

부질없는 기대

PM 5시 | 25분

오늘 내 마음은 둘로 찢겼다
하나는 내 것, 다른 하나는 네 것
반쪽을 가져와 가까이 둔다
나는 내 걸 가지고 늘 여기 있을게
살다 보면 마주칠 때도 있겠지
한때 연인, 영원한 친구로

알아줘, 아직 널 찬미하는 나를
알아줘, 아직 널 욕망하는 나를

---

i hope you know i still admire you
I hope you know i still desire you

나는
또 다른
파멸에
파멸한
파멸

순간들

PM 9시 36분

이제는 온통
질척한 순간뿐
한때 내가 너의
전부였다는 게
마음이 아파

결국은 괜찮아진다

나는 시상식에 가는 걸 한 번도 좋아한 적이 없다. 대부분 즐기는 척만 하고 진심으로 즐기는 사람은 거의 없다. 화려하고 숨 가쁜 레드카펫 현장을 보면 재밌을 것 같겠지만, 현실은 멋지게 꾸몄으나 진이 빠진 몸으로 치르는 피상적인 모임이다. 그뿐만 아니라 신기함은 금세 사그라진다.

모르겠다. 나만 그런 건지도.

아무튼, 지금 나는 제58회 그래미시상식이 열리는 스테이플센터(수용 인원이 2만 명에 달한다)에 게스트로 참석해 있다. 음악 업계의 '그' 밤이다. 그렇지만 나는 여기 있어도 신나지가 않는다. 사실 많이 불편하다. **무슨 행사를 몇 시간씩 하는지,** 더 이상은 못 참겠다. 그래미상이 무슨 잘못이겠는가. 카니예 웨스트를 비난할 마음도 없다. 아니, 앞에서 말한 바로 그 개인적인 이유 때문에 힘들다. 정신줄을 놓기 전에 최대한 눈에 띄지 않고 자리를 떠나야 한다. 나는 일어나 인사하고는 조용히 빠져나간다(까놓고 말해서, 내가 거기 있든 말든 아무도 신경 쓰지 않는다).

상쾌한 공기를 쐬니 조금 나아지긴 했지만 여전히 집에 가고 싶은 마음뿐이다. 집에 가면 펑펑 울고 모두 쏟아낼 수 있겠지. 차를 불러 달라고 부탁하자 조금 뒤 중년 남자가 차를 몰고 길가 저편에서 불쑥 나타나 나를 차에 태운다.

차에 탄 지 몇 분 만에 나는 그대로 무너진다.

눈물이 줄줄 흐르고 코가 꽉 막힌다. 지금 거울을 들여다보면 영락없는 알레르기 환자일 것이다. 조용히 흐르던 눈물은 어느새 서러운 흐느낌으로 변한다. 멈출 수가 없다. 슬픔은 내가 생판 모르는 사람이 운전하는 차 뒷좌석에 앉아 있든 말든 상관없는지 그저 막무가내다. 운전하는 남자는 길에서 눈을 한 번도 떼지 않은 채 뒤쪽으로 휴지를 건네준다. 왼손으로는 여전히 운전대를 붙잡고 백미러로 나를 흘끔거리지조차 않는 모습이 참 능숙하다. 꼭 소맷부리에서 끝없이 이어지는 손수건을 뽑아내는 마법사처럼.

그러는 내내 마음은 계속 가슴을 찢는 불안한 말을 내 귀에 속삭이며 농간을 부린다. 쓸데없고 한심하고 무의미한 말들. 슬픔에 젖은 와중에도 그 말이 하나같이 그럴듯하게 들려 기분이 더욱 참혹해진다. 차 안에 흐르는 음악이 머릿속의 말들을 쫓아주길 바라면서 음악 소리에 최대한 집중해본다.

휴지를 대여섯 장 더 쓰면서 족히 45분은 달린 끝에(빌어먹을 로스앤젤레스의 교통 체증!) 차는 내 집 앞에 멈추었다. 내 꼴은 엉망진창이라 숨기고 자시고 할 것도 없다. "운전…… 정말…… 고맙습니다." 그래도 인사불성으로는 보이고 싶지 않아서 눈물 콧물을 짜면서도 그렇게 말한다.

운전사가 내게 휴지를 한 장 더 건네고는 아주 차분한 눈길로 마침내 나를 쳐다보며 말한다. "무슨 일로 속상해하는지는 모르지만, 괜찮아질 거예요. 결국은 괜찮아져요." 그는 정말로 상냥하고 정말로 진지하게 말한다. 이해심 많고 친절하고 공감해주는 그의 태도에 나는 목 놓아 울고 싶어진다. "고마워요." 간신히 입 밖으로 끌어내 속삭인다.

나는 차에서 내리고 그는 차를 몰고 떠난다. 그의 차가 거리 모퉁이를 돌아 어두운 밤 속으로 사라진다. 나는 집 계단에 걸터앉아 계속 청승을 떤다. 하지만 그 운전사가 한 말이 뇌리를 떠나지 않는다. 그의 말은 나를 치유하지 못했지만 나는 앞으로 살아가는 동안 그 말을 기억할 것이다. 왜냐하면 정말 괜찮아질 테니까. 결국은 괜찮아질 테니까. 내게 필요했던 건 그저 그 사실을 일깨워주는 낯선 사람의 친절이었다.

차라리 이런 현실보다는
최악의 악몽이 더 낫겠다 싶을 때가 있다

———————————

sometimes even the worst dreams are better

than this reality

지옥에 간 마음

쉽사리 잊히고
무가치하고
무의미하고
쓸모없는 인간
나는 전혀 아니니
나를 그런 인간이라
속이는 짓 그만해
제발 그만
제발

그녀의 복숭아색 선글라스

사람들은 날마다 타인을 행복하게 만들 힘이 있는데도 그 사실을 모른다. 의외의 상황에서 건네는 친절한 몇 마디 말이면 족한데도. 그리 힘들지도 않다. 누군가를 칭찬하거나 살짝 격려하는 것은 누구나 언제든 할 수 있다. 공짜고 쉬운데, 와우, 세상의 기적을 일으킨다.

무슨 이유인지, 나는 어떤 자격으로든 모르는 사람과 이야기하려면 늘 불편하다. 식당에서도 미리 마음속으로 리허설을 하고 종업원에게 주문하는 편이다. *망치지 마, 코너! **한 방에 해. 망치지 마!*** 십중팔구 말을 더듬거나 두서없이 이야기해서 엉망이 되어버리지만, 누가 신경이나 쓰겠는가(나만 신경 쓴다)?

그래도 실력이 늘고 있기는 하다. 왜냐, 말하는 것이 내 직업이니까. 이쪽에 몸담고 있다 보니 지난 3년간 남들 앞에서 말하는 능력과 사교술이 발전한 것은 사실이다. 일은 나를 안전지대에서 끌어내 거부할 수 없는 상황에 몰아넣고 자신감을 가르쳤다. 별의별 직업에 종사하는 사람들을 수없이 만나다 보니 삶은 거대한 스피드데이트 모임과 비슷해졌고, 나는 좋든 싫든 벗어날 수 없는 싱글이다. 혹여 하늘에서 짝지어준 인연을 만날지도 모르니 모두 만나봐야 한다(턱도 없는 소리인 데다 비유라고 우기지도 못할 말인데…… 그냥 넘어가자).

몇몇 친구와 어울려 외출한 어느 날이었다. 우리는 평소처럼 가게와 쇼윈도를 구경하면서 로스앤젤레스의 멜로즈 거리를 걸어가고 있었다. 반대편에서 여자 몇 명이 우리 쪽으로 우르르 걸어오고 있었는데, 그중 아주 멋진 여자가 단번에 눈에 들어왔다. 고불거리는 귀여운 짧은 머리, 윗옷 자락을 넣은 헐렁한 청바지와 흰 그래픽 티셔츠, 둥근 복숭아색 선글라스로 마무리한 차림새였다. 말로 다 표현할 수 없을 만큼 엄청 귀여웠고, 누가 봐도 그랬다.

이런 상황에서 나는 두 가지를 할 수 있다. 1) 아무 말도 하지 않는다. 2) 아무 말이나 한다. 단순하다. 이게 내게 주어진 선택지다. 장담하건대 대부분의 사람들은 1번을 택하고 그대로 지나간다. 배짱이 없어 아무 말도 못 한 씁쓸한 뒷맛을 느끼면서. 나도 그런 쪽이었으나 훈련한 결과 '안 될 거 없잖아?'라는 태도를 갖게 되었다. 멋진 사람에게 멋지다고 말하는 게 뭐가 어려운가(물론, '나 지금 너한테 수작 거는 거야'라는 식으로 비칠 소지가 있기는 하다). 만약 제대로 먹힌다면, 이상한 의도 없이 진정성만 실려 있다면, 전혀 문제가 없다.

그 여자가 우리 쪽으로 다가올 때, 나는 그녀와 눈을 맞추고 미소를 지으며 소리 내 말했다. "헤이, 정말 죽이네요. 진짜 멋져요!"

그녀는 놀란 듯했다. "아, 고마워요!" 그러고는 이제껏 아무도 그런 칭찬을 한 적이 없다는 투로 그렇게 말했다(그런 스타일은 그냥 나오는 게 아니기에 아마 처음 들은 칭찬은 아니겠지만). 나는 웃으며 고개를 끄덕여 그녀의 대답을 들었다고 표시하면서 친구들과 함께 지나갔다.

어떤 생각을 했고, 거리낌 없이 그 생각을 솔직히 나눴을 뿐인데, 나는 백만 달러를 번 듯한 기분이었고, 표정으로 보아 그녀도 비슷한 짜릿함을 느낀 것 같았다. 다른 사람에게 자신감을 불어넣는 일은 참 기분 좋다. 칭찬을 주고받는다면 양쪽 모두 원원이다. 너무 뻔한 말인가?

회의와 비관이 판치는 세상에서는 최선을 다해 서로 선의를 나눠야 한다. 수많은 방송과 블로그, 신문이 비관론을 쏟아낸다. 아무것도 남지 않을 때까지 사람들을 끌어내리고 찢어놓는 데 혈안이 된 듯하다. 남을 단죄하는 이 소름 끼치는 세태에는 적의와 해코지만 있을 뿐 아무런 의미도 없다. 잡지나 온라인 연예면을 뒤적거리다 보면 사람들의 패션, 머리모양, 신체, 심지어 성격까지 일일이 해부되어 평가의 대상이 된다. 트위터를 5분만 해보면 피드를 새로고침 할 때마다 무의미한 독설로 가득한 지껄임이 끊임없이 이어진다. 슬프다. 딱히 나와 관련은 없지만 슬픈 일이다. 누구도 친절하게 말하지 않는 느낌이다. 그곳은 방구석에 틀어박힌 폐인들이 자신의 비틀린 만족감을 위해 남들을 끌어내려 물고 뜯는 놀이터다. 이러한 온라인 활동은 실제 삶으로 스며든다는 점에서 위험하다. 그런 혐오는 숨길 수 없다. 내게 휴지를 건네는 친절한 우버 운전사들이 세상 어딘가에 아직 선의와 친절이 살아 있다고 일깨워주니 망정이지. 좋은 사람은 분명 존재한다. 비록 그들 대부분이 사람들에게 알려지지 않은 채 레이더망 밖에서 각자의 삶을 살아가지만 말이다.

군이 가상세계까지 끌어들이지 않아도 나쁜 일이라면 실제 세상에서 겪을 만큼 겪고 있다. 우리에게 선의를 베풀 능력이 있다는 걸 기억해야 한다. 사람들에게 사랑, 친절, 공감을 퍼뜨려야 한다. 우리는 하루의 끝에서 날마다 장애물과 물밑 투쟁, 불안감과 조용히 씨름하면서 살아가는 인간일 뿐이다. 모두가 한편이라는 걸 깨달아야 한다. 당신과 나쁜 아니라 누구나 각자의 짐을 지고 있다. 무의미하고 부정적인 생각에 매몰되는 대신 잠시 멈추고 친절한 말을 떠올려보자.

다음부터 누군가가 쿨하거나 근사하거나 독특한 차림새를 했다면, 머리를 새로 잘랐거나 예쁘게 염색했다면 말해주자. 친구든 친척이든 생판 모르는 남이든, 상대가 원했던 만큼이나 눈에 띈다고 알려주는 것이다. 그리고 가만히 지켜보자. 그럴수록 친절은 잔물결처럼 퍼져나간다. 내 말을 한번 믿어보기를. '만약'이나 '그리고'나 '하지만' 같은 단서 없이, 그저 말 한마디 건네면 조금 더 당당하게 걸어갈 수 있을 것이다.

너

PM 9시 27분

가장 강한 자마저
무릎 꿇리는
너의 냄새 너의 미소

더 나은 날들

그런 순간들이 있어
감성이 충만하고
운명이 따스한 품을 내어줄 때
아무 기대 없는 부드러운 입맞춤
평화로운 인사
희망의 메시지
달콤한 평온이
온몸에서 배어나올 땐
아무것도 틀어지지 않아
만사형통이지
나

            는

                괜찮아

액자

한때 우리가 눕던 자리
거기 내려앉는 사진들
한때 내 손을 잡던 손
그 손이 사진을 치워버리네
우리는 그걸 모아
닫힌 문 뒤 상자 안에
넣어둔다
추억은 우아한 왕과 여왕처럼
가만 썩어가고
꿈이 태어난 땅은
어둠에 휩싸였다
벽을 따라 늘어선 공허한 손톱
내 눈은 쓰라리고
그의 흰 티셔츠는
눈물의 칵테일로 얼룩지네

눈물 뒤에 숨을 수 있다면 좋으련만
난파당한 두 밀항자의
녹아버린 심장 밑
핏물이 말라버린 혈관이여
문이 마지막으로 닫히는 순간
우리가 알던 모든 것은 시들었다
우리의 눈은 자정 전에 닫히고
어떤 말도 침묵을 깨지 않네
나무 액자 뒤에 그려진
저들처럼
딱 한 시간만
더 나은 날을 맛보았으면

별일 없는 날의 추억

아주 오래된 옛일인데도 과거의 어느 날이 생생히 기억난다니 신기하다. 그냥 참 좋았다는 사실 외에는 특별히 대단할 것도 없는 그런 날인데 말이다. 나는 특별한 사람이었던 당신과 함께한 날을 영화 속 장면처럼 기억한다. 그중 한 장면을 말해보면 이렇다.

그날 나는 상쾌한 기분으로 제시간에 잠에서 깼다. 꿀잠을 잔 터라 머릿속은 구름 한 점 없이 맑았고, 당신의 미소가 내 미소를 맞이하며 아침을 열어주었다. 우리는 내내 어질러진 이불 속에서 기지개를 켜고 뒹굴뒹굴했다. 이불 속은 따뜻했고 공기는 약간 서늘했다. 간밤에 꾼 달콤한 꿈이 머릿속을 맴돌았고, 뇌리를 어른거리며 빠르게 사라지는 꿈의 기억에 얼굴에 씩 웃음이 감돌았다. 나는 몸을 굴려 침대에서 일어나 커피를 두 잔 만들려고 부엌으로 갔다. 그러고는 머그잔을 손에 쥔 채 소파에 웅크리고 앉았고, 당신은 내 옆에 있었다. 달력은 깨끗했다. 평소라면 쓰여 있을 갖가지 약속은 하나도 없었다. 그날은 오롯이 우리의 것이었다. 당신과 나 단둘이, 가슴이 시키는 일들로 채우면 그만인 하루였다.

재킷을 걸치면 딱 좋을 서늘한 날씨여서 나는 옷장에서 좋아하는 재킷을 꺼내 입었고, 우리는 손을 잡고 서점까지 걸어갔다. 서점에서 맛

있는 커피를 한 잔씩 더 마신 뒤 각자 찾아낸 책에 대해 이야기하며 비교했다. 우리가 고른 책들은 딱 어울리다 못해 지나치리만치 적절했다. 우리는 지나가는 사람들을 바라보다가 책장 뒤에서 키스했다. 점심에는 둘 다 사족을 못 쓰는 아보카도 토스트 샌드위치에 커피를 곁들여 먹었고, 근처 공원에서 어린아이들처럼 그네를 탔다. 반짝거리는 구름이 하늘을 가로지르며 평온함을 더했다. 당신은 이야기했고, 나는 들었다. 중요한 내용은 없었어도 이야기가 거리낌 없이 술술 흘러나오면서 간간이 질문과 웃음을 자아냈다.

그리고 그 미소가 있었다. 그 빌어먹을 미소에 내 다리는 맥을 못 췄다. 내가 그 미소를 끌어낼 때마다, 나는 설레지 않을 수 없었다. 시간은 흘러갔지만 우리는 시간이 가는 줄 몰랐다. 이렇게 좋은 날이 또 있을까 싶을 만큼. 집에 가고 싶지 않았지만 어쩔 수 없이 집으로 돌아왔다.

친구들과 가족들이 합류하자 함께하는 흐뭇함은 점차 커졌고 밤이 이어졌다. 우리는 다 같이 텔레비전을 보았다. 모든 게 순조롭고 완벽하지 않아서 완벽했다. 대화는 활기찼다. 전염성 강한 행복이 퍼져나가 공기 속을 맴돌았고 모두들 황홀경에 취한 듯 빛났다. 그러다가 결국, 시작된 지점으로 돌아가 하루를 마칠 시간이 됐다. 우리는 베개에 머리를 뉘고는 흡족한 미소를 머금은 얼굴로 서로를 껴안고 잠이 들었다. 그날 우리에게 두려움이란 존재하지 않았다. 걱정도 없었다. 만사태평했다. 그저 존재하는 것이, 사는 것이 좋았고, 이렇게 홀가분할 수가 없었다.

평범하고 특별할 것 없는 그날이 마냥 좋아서 길이길이 추억으로 남았다.

좋은 날들은 절대 잊지 말자. 그런 날들은 목걸이처럼 줄줄이 꿰어 보물처럼 간직하다가 좋지 않은 날에 떠올리면 좋다. 가끔 우리를 지탱하는 것은 이렇게 단순하고 평범하면서도 행복한 날들이다. 줄에 꿰이지 않고 찾아오는 뜻밖의 날들. 조화롭게 섞인 가운데 톡톡 튀어오르는 날들. 모두 그 자체로 감사하다.

참 좋은 날들이었다.

핏발

AM 3시 1분

째깍거리는 시계 소리
말똥말똥 누워 있으니
어느덧 날이 새고
왜 사나 하는 의문에
가슴은 더 빨리 뛴다
눈을 뜬 채
한 시간이 흘러도
해답은 모르겠고
두렵기 짝이 없다

오전의 말다툼

AM 8시 53분

또 비가 온 날이었지
그날 아침은 추웠고
우린 날씨를 놓고
장난치듯 가볍게 아웅다웅했는데
오늘 보니, 너무 내 맘대로 한 것 같네
네 맘대로 하게 둘걸 그랬지

139

아침의 침묵

내가 무엇에 감탄하는 줄 아는가? 바로 아침의 고요함이다. 다른 사람보다 먼저 잠에서 깼을 때, 태양이 막 고개를 내밀고 찬란한 황금빛 햇살을 창문 안으로 내리쬐어 내 집을 온통 빛으로 물들일 때, 깃털처럼 최대한 가벼운 걸음으로 돌아다녀도 마룻바닥이 한두 번 삐거덕거릴 때.

간혹 밖을 지나는 자동차 소리가 새벽의 정적을 깨기도 하지만, 내 귀에는 그냥 아침 인사처럼 들린다. "안녕, 나처럼 일찍 일어났군요. 반가워요. 어디 가는 길이에요?" 그러고 나서 바깥의 야자수에 앉은 새가 조그맣게 지저귀며 창문가의 침묵을 깬다. 자연의 자명종인 셈이다. 건너편 거리에서 누군가의 목소리가 희미하게 들려온다. 두어 사람이 일터로 달려가기 전 산책하는 게 분명하다. 거리는 꿈틀거리기 시작하고, 이 순간은 끝을 향해 성큼 다가간다.

나머지 도시도 서서히 깨어나고 있다. 평소보다 더 쌀쌀해서 나는 누에고치처럼 몸에 이불을 둘둘 감아 포근하고 따스한 보호막을 두른다. 부엌에서 커피가 똑똑 떨어지기 시작한다. 커피 방울이 똑똑 떨어지는 소리가 어서 일어나 움직이라고 재촉한다. 모든 것이 전날 그대로 제자리에 있다. 밤새 얼어붙어 있었던 듯 원래 상태로 놓여 있다.

햇살은 아까보다 더 밝게 집 안을 비집고 들어온다. 오늘은 운이 좋을 것 같아. 나는 생각하며 오늘 마실 여러 잔의 커피 중 첫 잔을 따른다. 딱히 그럴 만한 이유는 없지만, 공기 속에 좋은 기운이 가득하다는 게 막 느껴진다.

첫 모금을 넘긴다. 내 마음이 콧노래를 부른다. 그래, 새로운 하루, 또 다른 하루가 침묵과 함께 찾아왔다.

새벽 5시에 깼어

깜빡이는 속눈썹, 간지러움, 들숨 날숨 하나하나 느껴져

잠이 저만치 달아났어

너를 생각하느라

멈출 방법을 모르겠어

* 이른 아침 베이글을 사려고 줄을 서는 풍경, 갓 볶은 신선한 원두로 내린 커피 향이 배어 있는 거리. LA 시민들의 일상에 휴식 같은 존재다. 할리우드가 멀지 않아 작가나 영화배우들이 들르기도 한다.

라치몬트*에서 한 남자를 보았다

한때 알고 지낸
익숙한 얼굴에
나는 나락으로 떨어진다
낯선 이들의 목소리
커피 컵들이 와장창
안전한 곳이라 생각했는데
안식처에게 뒤통수를 맞았다
눈을 들어 너를 보았을 뿐인데
몇 달 만에 처음으로
오래된 상처가 발광을 한다
예전보다 더 쓰라리게
도망쳐
내 마음이 속삭인다
너 지금 위험해
달아나야 해
멀리멀리 달아나
어느 방향으로든
어떤 곳으로든
속삭임이 고래고래
허위 경보를 울려댄다

조심성은 늘었고
과거에 소스라치고
미래에 애태우며
지난 몇 달간 뒷걸음만 쳤었지
이젠 더 빨리 도망치고
더 심한 울보가 되었군
라치몬트의 그 남자가 또
내 악몽 속으로 들어왔어
내내 나는 거리를 내달린다
매일 보던 모습이
또다시 내 눈을
이토록 아프게
할 줄이야

핑계, 핑계

무얼 하지 않을
핑계는
평생 찾을 테지만
무얼 할 이유는
딱 하나면
충분해

탈출

5월의 막바지, 계절이 바뀌고 있다. 나는 또다시 떠난다. 혼자 견뎌내기 위해 최대한 멀리까지. 이 시점에서 목적지는 그다지 중요하지 않다. 중요한 건 떠난다는 사실이다.

일이 꼬이자마자 달아나면 괜찮을지도 모른다는 생각이 든다. 더 좋은 곳으로 도망치면 모든 게 다시 좋아질지도 모른다고. 새로운 날, 새로운 시간의 새로운 장소로 가면 새로운 사람과 새로운 경험이 가득할 테니, 어쩌면, 혹시 어쩌면, 모든 것이 더 나아질지도 모른다. 어쩌면.

이런 극적인 탈출이 처음은 아니다. 처음이었다면 지금보다 훨씬 겁먹고 걱정에 휩싸여 안절부절못했겠지. 하지만 아예 이 나라 밖으로 도망치기는 처음이다. 그렇게 멀리 도망친 적은 없었다. 대개는 동생을 보러 노스웨스트로 가거나(두 번) 아늑한 부모님 집에 머물려고 고향인 미네소타에 가거나(역시 두 번) 뉴욕에서 숨가쁜 도시의 낯선 사람들에 둘러싸여 지내는데(딱 한 번), 뭐, 엄밀히 말하자면 완전히 혼자는 아니다. 이번 런던행만큼 멀리 떠난 적은 없었다. 특히 로스앤젤레스에서 떠나니 정말 멀다. 비행기로 열한 시간, 8천 킬로미터를 날아가 여덟 시간 후의 '미래로'. 음, 장난이 아니다. 아무리 나라고 해도.

평소처럼 그럴 만한 이유가 있으니 이번에도 떠나자고 나 자신을 설득했다. 친구들과 같이 있기 위해, 머리를 식히기 위해, 혹은 단순히 그러고 싶다는 이유로. 가까운 사람들에게 그렇게 둘러댔지만, 슬프게도 모두 거짓말이다. 뿌리 깊은 거짓말. 나를 진실에서 밀어내는 허튼 핑계일 뿐이다. 사실은 도망치는 것임을 뼈저리게 느끼고 있다. 로스앤젤레스의 '집'에서는 더 이상 마음이 편하지도, 예전 같지도, 좋지도 않다. 환장할 것 같고 앞으로도 쭉 환장하겠어서 이 환장의 도가니에서 달아나려 한다. 무슨 일이 있었는지, 앞으로는 무슨 일이 있을지 끊임없이 일깨우는 것들을 뒤로하고 떠날 수밖에. 사방에서 무차별적으로 공격해오고, 질문 세례를 퍼부어 마음을 괴롭히는 고통으로부터 탈출해야 한다. 생각이 많아져 골치가 아프고 현실감각은 사라졌다. 더 이상 가슴이 무너지는 고통이 문제가 아니다. 대학 시절 일상에 그늘을 드리웠던 우울증이 다시 도진 것이다. 만사가 개똥 같다. 아니, 적어도 우울감에 설득당했다는 것만은 사실이다. 절대 닦이지 않는 부연 거울을 들여다보는 기분이다. 아무리 닦아도 매번 부예지는.

이게 나의 '투쟁 대 도망'이다. 알다시피 나는 싸움꾼은 아니다. 모든 형태의 갈등을 혐오하고 갈등이 무슨 전염병이라도 되는 듯 피한다. 상황이 힘겹게 흘러가면 말 그대로 그냥 날아간다. 비행기에 훌쩍 오르는데, 효과가 있는 것 같기도 하다, 잠깐은. 조금은 숨통이 트인다, 며칠 동안은. 하지만 이런 여행이 큰 도움은 안 된다는 걸 금세 깨닫고 순식간에 다시 안개에 휩싸인다. 여행은 나를 완전히 치유하지 못한다. 허구한 날 머릿속에서 웅웅대는 벌떼를 내쫓지 못한다. 하지만, 아, 나는 뼛속까지 낙천주의자라, 이 런던 여행이 전례를 깨뜨려주길 바라고 있다. 그래서 지금 여기 로스앤젤레스 공항에서 델타항공의 이코노미석에 앉아 도망치는 것이다. 이번에는 행운이 따라주기를 바라면서.

처음 도망칠 때는 획기적으로 도움이 될 거라고 굳게 믿었다. 비행기 표를 예약하고 나니 만병이 치유되는 상상이 들기 시작했다. 내 몸의 암 덩어리를 수술로 싹 제거해서 이 병마로부터 자유로워지는 상상. 못내 설렜고, 어디든 상관없었다. 오직 떠난다는 사실만이 중요했다.

아니나 다를까, 오리건주 포틀랜드에 있는 동생의 집에 도착한 지 딱 48시간 만에, 어디에 있는지는 해결책과 별 관련이 없다는 생각이 들었다. 사실, 기분만 더 나빠졌다(거기서 더 나빠질 수나 있는지 모르겠지만). 감정을 이겨내려고 애써봤자 헛수고라고 몸이 내게 고함을 지르는 것 같았다. "아니, 아니, 아니, 요 되바라진 애송이 족제비 녀석아. 네 꿍꿍이가 뭔지 다 보이는데, 그렇게는 안 될 거야. 진실로부터 숨을 수는 없어. 아니, 아니, 안 돼." 쾅, 눈물 둑이 터졌다. 멍청한 놈.

깨달음이 오자마자 달아나야 할 것 같은 압박감에 또 사로잡혔다. 달리 뾰족한 수도 없잖아? 포틀랜드에서는 기운이 나지 않으니 다른 데로 가야 했다. 내가 나라서 영 못마땅했다. 어떻게든 다시 고개를 쳐드는 우울감과 슬픔을 치료할 해독제를 찾아야 했다.

다음 목적지는 고향 미네소타였는데, 그곳에 사는 형과 당시 형의 약혼녀(지금은 아내)가 큰 도움과 위안이 됐다. 그들은 위로가 절실한 나를 위로하고, 위로하지 않을 때는 내가 딴생각을 품지 못하게 했다. "눈코 뜰 새 없게 해줄게!"라면서. 그래도 기분은 나아지지 않았고, 그래서 기분이 더 상했다. 사랑과 격려와 끝없이 이어지는 맥주 양조장에 둘러싸여 있는데 왜 기분이 계속 나쁜 거지? **어째서?**

그로부터 몇 달 동안 몇 차례 더 탈출을 감행하다가 이번에는 특별

한 이유 없이 런던으로 피난을 갔다. 가장 힘든 점은 대체 왜 느닷없이 짐을 꾸려 떠날 생각을 했는지 친구와 가족에게 설명하는 일이다. "그게, 친구 두 명이 오라고 하도 성화를 하는 바람에! 가봐야지. 친구를 위해서!" 거짓말. 새빨간 거짓말이다. 런던에 아는 사람들이 있기는 하지만(왜 이리 허세처럼 들리는지 모르겠네) 그들이 제발 와달라고 졸라댄 적은 없다. 졸라대기는커녕 물어본 적도 없다. 내가 나를 초대했을 뿐이다. 생각해보면 조금 서글픈 일이다. 삶의 터전을 멀리 떠나오면서 그 이유를 털어놓지 않는다는 것은.

나는 또다시 목적지는 아무 상관 없는, 순전히 나를 위한 탈출을 꿈꾼다. 여행할 때마다 떠나기만 하면 다 잘될 거라는 희망을 품었지만, 한편으로는 집에 머물고 싶은 마음도 있었다. 미국으로 돌아오는 비행기에 올라 내 자리에 앉아서 카메라에 가득한 사진을 훑어보면, 그 추억이 얼굴에 미소를 자아내고 머릿속에는 평화를 불러올 거라는 기대도 있었다. 그곳이 그리워서 언젠가는 다시 가고 싶다는 마음이 들 법한 추억이 생길 거라고. 그렇게만 된다면, 비록 지금은 도망자 신세지만 새로운 오라를 발산하며 내가 속해 있는 이곳으로 다시 돌아오게 될 거라고 나 자신을 타일렀다. 활력이 되살아나고, 상처는 아물 거라고. 즐겁게 떠났다가 즐겁게 돌아오자고.

런던은 내가 처음으로 여행했던 곳이다. 까마득한 옛날처럼 느껴지는데, 그 시절엔 매 순간이 존재 자체만으로 짜릿했다. 당시 작은 호텔 방을 예약했는데, 딱 옷장만 한 침대 하나와 딱 그만한 크기의 샤워부스가 나란히 붙어 있는, 까놓고 말해 정말 후진 방이었다. 구석에는 책상이 하나 있었고, 그 위에 찻주전자 하나와 잉글리시 브렉퍼스트 차

다기가 구비되어 있었다(나는 날마다 순순히 그 차를 우려 마셨다). 그리고 부산한 거리 풍경이 내려다보이는 한 겹짜리 창문이 하나 나 있었다. 그것으로 충분했다. 더 바랄 게 없었다. 날마다 늦잠을 잤다. 정말 오랜만에 일찍 일어날 필요가 없었다. 침대에서 일찍 일어나야 할 이유가 없었다. 답장해야 할 메일도 없었다. 해야 할 일이 하나도 없는 듯했다. 난생처음 평범한 일상을 즐길 수 있었다. 내가 할 일은 그저 존재하는 것이었다…… 해방감이 찾아왔다.

상황이 그렇게 되자 독립심이 자라났고, 늘 연결된 세상으로부터 물러나 일정한 거리를 두고 싶어졌다. 계획을 짤 수밖에 없었다. 나만의 방식에 의지해야 했다. 내 앞에 수북이 쌓여 있는 혼자만의 시간 덕에 가만히 앉아 생각에 잠길 수밖에 없었다. 삶이 버거울 때마다(실은 견딜 만하다) 탈출한다고 매번 효과가 있지도 않고, 늘 문제를 해결해주지는 못하지만, 그 런던 여행은 내게 기적을 일으켰다.

내가 아는 사실 하나 더. 어디로 떠나든 가슴, 영혼, 머리의 문제는 사라지지 않는다. 심리 상태가 어떻든, 당신과 문제 사이에 거리가 얼마나 떨어져 있든 아무것도 해결되지 않는다. 문제는 어디를 가든 영원히 붙어버린 가방처럼 지구 구석구석 우리를 따라다닌다. 누구도 힘겨운 시간을, 힘겨운 감정을 따돌릴 수 없다. 우사인 볼트도 별수 없다.

한동안 나는 멀리 달아나면 문제를 뒤로하고 그 무게를 잊을 수 있다는 그릇된 환상에 빠져 애를 썼다. 틀렸다. 완전히 틀렸다. 문제를 해결하는 유일한 길은 문제를 마주하는 것이다. 앞에 마주한 골칫거리를 냉철하게 직시하고 해결해야 한다.

혼자 있어도 괜찮았다. 아주 오랜만에 처음으로 깨달았다. 나를 행복하게 만들어주는 사람이 늘 옆에 있지 않아도 된다는 걸. 이미 마음속 깊이 짐작하면서도 한 번도 인정하지 않은 사실이었다. 집을 떠나 나를 '집'에서 멀리 떨어뜨려놓았을 때, 내가 현실을 직시하고 투명한 진실을 들여다볼 준비가 되어 있다는 사실을 깨달았다. 상황이 갑작스레 나아지는 마법은 없고, 시간과 노력이 필요하다. 또한 내가 나를 위해 해야 하는 일이라는 것도. 스스로 반창고를 붙이지 않는 이상 가슴은 아물지 않는다. 스스로 짐을 내려놓지 않으면 홀가분해지지 않는다. 한 사람으로서 자신이 위대한 이유를 스스로 떠올리지 않는 이상 자기애와 감사함은 결코 되찾을 수 없다. 나의 가치는 타인에 의해 규정되지 않는다. 오직 나에 의해서만 규정된다.

그 런던 여행으로 모든 문제가 해결되지는 않았다. 그 계기로 만사형통 탄탄대로가 열렸다고 말할 생각은 없다. 응원한답시고 터무니없는 환상을 심어주고 싶지는 않다. 하지만 그때 중요한 돌파구가 열렸다. 인생이란, 최종 목적지가 어디인지는 여전히 몰라도 새로운 길과 교통편을 찾아내고 도중에 울퉁불퉁한 굽잇길, 오르막길, 내리막길을 겪어가면서 곳곳에 놓인 온갖 장애물을 만나는 일이다. 새롭게 다진 마음가짐으로 과연 어디로 가게 될지 궁금하다. 탈출 강박을 다시 느끼게 될지 아닐지는 오직 시간만이 안다. 그런 시점이 분명 오긴 올 것이다. 하지만 누가 알겠는가? 그런 충동이 치민다 해도 두 발로 땅을 디딘 채 엉덩이를 딱 붙이고 앉아서 불편한 마음을 똑바로 마주하고 승부를 볼지. 어쩌면 자리를 지키는 것이 용기 있는 행동인지도 모른다. 아무렴.

다음번에는 용기를 내볼 생각이다.

저기 분홍빛 문 하나

길가의
저 분홍빛 문
딱히 기억에 안 남을
빛깔로만 칠해진
저 문
나는 저것이
되고 싶다

런던

삶으로 충만한 이 거리
모퉁이에서 쟁쟁 부딪치는 맥주잔들
돌바닥 물웅덩이에 어른대는 네온사인
나는 그것을 뛰어넘어
목적지로 향한다
내가 아는 거라곤
아무런 계획 없이
놀고 즐기는 자리
내 일행과 함께하는
신나는 자리
무슨 일이 일어날지 누가 알까
내가 어디로 가는지
무얼 할지 누가 알까
자동차 경적 소리
신호등이 초록불로 바뀌고
나는 출발한다
밤이 나를 삼킨다

낮

왜 그런 날이 있지 않나, 느긋하다 못해 걱정거리를 싹 잊은 태평한 날. 지금 내가 딱 그런 기분이라 이 귀한 순간을, 이 최고의 느낌을 글로 붙잡아보려 한다. 자, 시작.

지금 나는 소파에 늘어져 있다. 두 발을 팔걸이에 올리고 머리는 쿠션에 기댄 채로. 열린 창가에 그늘을 드리운 야자수 잎새 사이로 햇빛이 들어온다. 방 안의 공기와 내 체온이 보조를 맞추는지 따뜻하면서도 시원하다. 마치 평형을 이룬 듯, 서로 마음이 잘 맞아 평화롭게 공존하는 듯. 나는 산들바람에 사락사락 낭창거리는 이파리를 바라본다.

눈을 감으니 희미한 오렌지색 형체가 보이면서 현실의 위험으로부터 보호받는 기분이다. 모든 책임을 벗어나 지극히 안전한 곳에 있는 느낌이다. 눈을 살짝 뜨자 거실이 아주 환한 연파랑 빛깔을 띤다. 다시 눈을 감으니 오렌지 빛깔이 지극히 보드라운 라일락색으로 변해 있다. 호흡이 느껴지기 시작한다. 조용히 숨을 내쉰다. 머릿속으로는 무성한 풀밭을 이리저리 거닐고 있다. 그저 평화롭다. 날도 시간도 나를 비껴 지나간다. 스케줄도 계획도 없다. 나는 몸을 뒤척여 태아처럼 웅크린다. 왜 이런 태평한 기쁨을 언제나 느낄 수는 없을까? 이 평화로운 느낌을. 이 마음의 고요를.

이런 상태를 끝어내는 법을 알면 좋으련만. 이런 시간은 가끔 자기가 내킬 때만 나를 찾아온다. 낮 동안 나를 도와주려고 깜짝 등장한 것 같아 나는 그 따스한 존재를 반갑게 맞이한다. 이 포근한 느낌이 좋지만 오래 머물지 않으리라는 사실 또한 알고 있다. 이 느낌은 그저 흘러갈 것이다. 그래서 이 느닷없는 손님이 더욱 마법 같다.

나는 몇 시간처럼 길게 느껴지는 이 느릿한 몇 분을 즐긴 뒤 기지개를 켜고 나서 보일 듯 말 듯한 미소를 지으며 눈을 뜨고는 나의 하루로 돌아온다. 고마워, 이상한 손님. 친절한 널 만나 반가웠어. 다시 만날 날을 고대할게. 그때까지 안녕……

어젯밤 이야기

AM 7시 51분

어젯밤에 비가 내렸다
　　꿈속에선 너와 내가
　　　　바다를 헤엄치며
파도에 이리저리
　　살랑살랑 흔들거렸다

여전히 아프다, 거짓말하지 않겠다
나는 그 눈에서
사랑, 분노를 보았다

Still hurts, not gonna lie
the loce, the anger
i saw in those eyes

나의 모든 것

나는 순전히 중서부 지역에서 자란 덕에 어릴 때부터 사람은 정직해야 한다고 배웠다. 그때 내겐 겸손한 행동과 타인에 대한 배려가 올바르면서도 하나뿐인 길이었다. 어쨌든 좋은 일 아닌가 생각하기 쉽지만, 천만에(완전히 허튼소리는 아니지만 완전히 맞는 말도 절대 아니다).

시간이 갈수록 '이기심'과 '이타심' 사이의 줄타기가 필요하다는 걸 깨닫고 있다. 오히려 배운 것과 정반대로 다른 사람보다 나를 먼저 생각하는 게 도움이 되는 경우가 많다.

참 이상하게도 우리는 자기 자신을 우선시하면 심판대에 서는 세상에서 자랐다. 자기가 먼저고 남은 그다음에 생각한다는 말은 지극히 이기적으로 들리지만, 나는 그게 이기적이라는 얘기를 들을 때마다 속이 뒤집어지고 이를 악문다. 얼마나 부당한가! 이런 오해도 없다! 내가 깨달은 바로는 자신을 먼저 생각해야 하며(아무도 가르쳐주지 않는다), 자신에게 무엇이 이로운지, 어느 쪽이 더 흥미로운지 생각해야 한다.

나이가 들어갈수록 당신을 먼저 생각해주는 사람들은 점점 줄어든다. 그러니 당신 자신을 위해 목소리를 높여야 한다. 모두들 그렇게 하니까. 이타적인 것이 꼭 자기희생을 의미하지는 않듯이 이기적인 것이 꼭 자기밖에 모르는 걸 의미하지는 않는다. 찾아보면 그 중간 지대가 있다.

나는 자주 어울리는 사람들에게 곧잘 이렇게 말한다. "그래, 너 하고
싶은 대로 해!" 혹은 "아냐, 아냐, 진짜야! 난 아무거나 괜찮아! 네가 골
라!" (이 대목에서 '누가 말려' 하는 친구들의 표정이 보이는 듯하다. '사실
이지, 그래서 정말 짜증 나'라면서.) 하지만 이 말이 입에서 저절로 튀어
나온다. 나도 모르게. 다른 선택지는 생각조차 하지 않는다. 다른 사람
이 나 대신 자기 좋을 대로 하도록 둔다. 내가 아닌 그들을 위해서(나
좀 보게, 그들이 나 대신 결정한다네!).

나는 평생 나 자신보다 다른 사람들의 필요와 욕구를 먼저 생각해왔
다. 원래 그렇게 생겨먹었고, 앞으로도 계속 그럴까 봐 두렵다(갑자기
웬 초 치는 소리람? 바뀔 수 있다. 나는 드라마틱한 사람이니까).

2016년은 나를 발견하는 해였다. 심리치료를 받고 나온 어느 날, 차
안에 앉아 운전대 너머로 구름 한 점 없는 연한 파란색 하늘을 멍하니
바라보는데, 불현듯 계시처럼 깨달았다. *나…… 나! 나. 나에 대해 한번
생각해보자. 왜 나는 늘 그, 그녀, 그들만 생각할까? 이런 습관은 버려
야 해. 내 인생이잖아. 내 인생은 귀하고 특별하고 그만큼 대접받을 가
치가 있어.*

그러고는 소리 내어 외치기 시작했다. 깨달음이 찾아오면 곧잘 그런
다. 생각을 입 밖으로 꺼내 말하면 힘이 실린다(차 안에 문을 잠그고 앉
아 몸속 깊은 곳에서 솟는 땀을 뻘뻘 흘리면서 나 자신에게 소리를 고래고
래 질러댔으니 필시 미친놈처럼 보였을 것이다. 윽).

앞서 말한 심리치료 기간 동안, 나는 타인의 기분을 맞추느라 정작
내게 필요한 것에는 소홀했다는 사실을 뼈저리게 깨달았다. '미네소타
식 친절'의 정체다. 모두들 정말 협조적이다!

심리치료사는 계속 물었다. "하지만 코너, 이건 어떻게 생각하죠?" 혹은 "코너, 당신의 기분은 어떤가요?" 열다섯 번째 시간이었나, 천오백 번째 시간이었나, 왜 자꾸 나는 다른 사람의 기분, 행동, 생각, 관심사를 끊임없이 헤아리는지 궁금해지기 시작했다. 그들의 삶에 대해 아무것도 모르면서. 다른 사람을 내 마음대로 할 수도 없는데. 마음대로 되는 건 오로지 자신뿐이다. **오로지 나뿐이다.** 확실한 건 그것뿐이다. 그런데 너무 오랫동안 다른 사람에 대해서만 생각하는 바람에 정작 '나'에 대해선 아는 게 별로 없었다. *그때 나는 입을 딱 벌리고 무릎에 수북이 쌓인 휴지 더미에서 눈을 들어 심리치료사 선생님을 쳐다보았다*

이제 찜통 같은 차 안에 앉아 있는 나에게 돌아가보자.

차 키를 꽂고 돌려 시동을 건 다음 집으로 차를 몰기 시작할 무렵, 나는 이제부터는 생각하고 말하고 행동할 때 나를 최우선에 두기로 결심했다.

그렇게 목표를 정하면서 계획을 세웠다. 다른 사람에게 맞춰 생각하게 되면, 특히 그 사람의 이해가 내 이해와 서로 부딪칠 경우, '**나**'라는 글자를 휘황찬란하게, 아주 대문짝만 하게 눈앞에 떠올리기로. 나는 머릿속으로 그 글자의 생김새에 집중하면서 몇 번이고 그 선을 따라가보았다. 그러자 놀라운 일이 일어났다. 훈련 끝에 머릿속에서 스위치가 탁 켜지더니 다르게 생각하기 시작했다. 물론, 평생 몸에 밴 습관이 하루아침에 떨어져나갈 수는 없다. 그래서 오늘도 마음 훈련을 했다. 오늘 아침 스피닝 수업 시간에(친구의 추천으로 간 거지만, 어차피 **나를 위해서** 갈 생각이었다!).

다행히 이 훈련(스피닝 말고)은 효과가 입증되었고 정말 도움이 되었다. 오래된 습관을 버리고 리셋 버튼을 누르는 마음 재교육이라 해두자. 남을 돕기 전에 자기부터 돌봐야 한다는 걸 건강하게 일깨우는 방법. 나는 '이기적인' 행동을 그 단어에 실린 온갖 부정적인 의미로 생각하는 대신, '나 자신을 보살핀다'는 더 긍정적인 의미로 바라본다. 이 대목에서, 관찰력이 좋은 독자들은 내가 시작하는 글에서 이 책이 **'나를 위한 책'**이라고 했던 걸 떠올릴지도 모르겠다. 같은 이유로, 나는 나 자신을 위해 살고, 나 자신을 자랑스럽게 여기고, 나 자신을 격려해야 한다. 나를 위한 일들을 해야 한다. 삶의 전체를 다듬는 기술이자, 날마다 의식적으로 실천하려고 노력하는 행동이다.

타인을 먼저 배려해야 하는 때도 얼마든지 있을 것이다. 자기중심적인 사람이 되고 싶지는 않다. 언제 타인을 먼저 배려해야 하는지는 내 상식이 조언해주리라. 친구나 연인과 타협해야 할 것이다. 그 과정에서 자신만 버리지 않으면 된다.

나는 친구들이 식당을 고를 때마다 번번이 딴지를 걸지는 않는다 (**'나'는 나 자신을 사랑하는 법을 배우는 중이고 '치즈케이크팩토리'를 좋아한다**). 절대로. 그건 좀 지나치니까. 그냥 친구들이 원하는 대로 따라가고도 그런대로 만족할 수 있다. 메뉴판에서 내가 좋아하는 걸 고르면 된다. 형제가 힘든 하루를 보내고 있으면 잠시 내 삶을 제쳐두고 감싸줄 것이다. 아끼는 사람들을 보살피기 위해서라면 나 자신은 잠시 뒤로 미뤄놔도 좋다.

서로를 살피고 배려하지 말라는 게 절대 아니다. 나는 타인에 대한 배려를 평생 가슴 가까이 두려 한다. 다만, 더 건전한 균형이 존재한다고 말하고 싶다.

나는 짧은 기간에 너무 많은 과도기를 겪었다. 청소년 코너, 고등학생 코너, 대학생 코너, 캘리포니아에 사는 코너, 커밍아웃한 게이 코너. 그리고 지금의 내가 누구든, 지금의 코너. 이들은 각자 완전히 다르다. 고작 6년 만에 내가 얼마나 변하고 성장했는지 생각하면 그저 놀랍고 두렵기까지 하다. 나 자신이 되는 것이, 나 자신에게 진실한 것이 어떤 의미인지 천천히 깨달아왔기 때문에 이토록 여러 모습의 내가 존재한다. 이들을 관통하는 요소는 자아실현이었다.

자기 자신답게 살기 위해서는 우선 자신을 알아야 한다는 걸 천천히 깨달았다. 긴 시간에 걸쳐 나에 대해 많은 것을 알아냈기 때문에, 나의 다양한 자아들이 모두 결실을 맺을 수 있었다. 바깥이 아닌 내면에 신경 쓰기 시작하자 변화가 찾아왔다. 그 순간 나는 앞으로 나아갔다.

나는 여전히 발전하고 있고 죽는 날까지 발전할 것이다. 지금은 내가 진정으로 어떤 사람인지 알아가기 위해 최선을 다하고 있다. 이것만은 확실히 말할 수 있다. 나는 끊임없이 경험하고 또 경험할 것이다. 하고 또 할 것이다. 하지만 지금은 이게 나다. 그래도 괜찮다.

그렇게 시작하고 그렇게 헤어지고

오늘 밤은

아무런 단서 없이

기분이 좋았다가

기분이 나빴다가

필요악은

자리를 잡고

줄은 없는데 기다림은 있구나

태양은 떠오르고

우리 눈꺼풀은 천근만근

바로 이런 거로군

남들처럼 된다는 게

멍하니 지새우는 밤

휴식이 말라버린 삶과

손을 잡았다

느릿느릿 확실히

썩어간다 곪아간다

고맙지만

난 그만할게요

더는 사양이야, 배 터질라

얼른 당신도 몸을 아껴요

디저트 나오겠어요

활기찬 마음 뒤의 그늘

나는 평생 잊지 못할 대학 신입생 시절을 보냈다. 유달리 재밌는 시간을 보냈다거나, 무모한 일탈을 일삼았다거나, 특별히 기억에 남는 사연이 넘쳐서가 아니다. 그렇지는 않았다. 기억나는 거라고는 날이면 날마다 나를 따라다니던 검은 먹구름, 함정에 빠진 느낌, 남의 옷을 입고 무한궤도를 빙빙 도는 느낌뿐이다.

그 우울감이 기억난다. 아니면 두려움이었을까? 그냥 지나가는 변덕이었을까? 아무리 생각해도 정체를 모르겠다. 나 혼자 간직했기에 글로 남긴 기록이나 전문가의 진단은 없다. 전혀 행복하지 않다는 것만은 분명했다. 가장 힘들었던 건 밀려드는 먹구름이었다. 뭔가 '삐걱대는데' 그게 정확히 무엇인지, 무슨 일이 일어나고 있는지 파악할 수 없다면, 문제를 다른 사람에게 설명하기란 불가능하다. 비상구 표시등 하나 켜져 있지 않은 어둡고 부연 방에 갇힌 느낌이랄까. 오늘까지도 그게 뭐였는지 이해할 수도 표현할 수도 없다는 사실이 슬프다. 구체적으로 묘사해보려 해도 정확하지 않다. 다만 우울할 때 나는 내가 아니라는 것은 확실하다. 나는 다른 사람이 된다.

본론으로 들어가기 전에, 나는 정신건강 전문의도 아니고 그런 행세를 할 생각도 없음을 밝혀둔다. 이는 여전히 내게 거대한 미지의 영역

187

이고, 나는 날마다 새로 배우고 있다. 하지만 직접 겪은 것들은 잘 알고 있다. 적어도 나 자신에 대해서는 전문가이므로, 5년 동안 활기찬 마음 뒤편에 그늘을 품고 살면서 깨달은 사실을 기꺼이 나누려 한다.

모든 게 참 희한하다. 대학 시절 우울감이 처음으로 덮쳐온 정확한 날짜나 시간을 꼬집어 말할 수는 없지만, 분명히 무력감에 시달렸다. 하룻밤 사이에 거울 속 내 모습이 다른 사람처럼 낯설었다. *나는 누굴까? 어떻게 여기까지 왔을까? 어째서 만사가 귀찮을까? 왜 아무것에도 흥미가 없을까? 왜 아무것도 중요하지 않아 보일까?* 갑자기 비구름이 내 머리 위에 나타나서 떠나지 않는 느낌이었다. 슬픔은 아니었다. 슬프지는 않았다. 정체가 전혀 달랐다. 철저한 패배감이었다. 바닥을 파고 지하로 들어간 기분이었다. 지금 생각하면 그때부터 우울감이 나를 흔들기 시작한 것 같다. 새롭게 깨닫고 나서 감정의 소용돌이가 격해지면서 죽을 만큼 두려워졌다. 별안간 미래가 어느 때보다 두려웠다.

성적마저 내리막길을 탔다. 친구들과 어울리고 싶지도 않았다. 딱히 이유도 없이 조용히 울다 잠이 들었다. 온 세상이 황량한 안갯속 같았다. 그러다가도 다시 '정상적'인 기분이 돌아오면 나다운 게 뭔지 기억났다. 정상적인 나. 하지만 단 하루, 일주일, 혹은 한 달 만에 그 슬픔의 심연으로 다시 굴러 떨어졌다. 파도는 아무런 조짐 없이 나를 후려쳐서 깊은 바닷속으로 끌고 갔다. 나는 물속에서 길을 잃고 허우적거렸다. 자비나 배려는 없었다.

가장 나쁜 점은 혼자 감당해야 한다는 점이었고, 가장 힘든 일은 실체 없는 대상을 사람들에게 설명하는 일이었다. 상대방이 이런 일을 겪은 적이 전혀 없을 경우 특히 그랬다. 그들에게는 지극히 낯설 테니까.

우울하지 않은 사람에게 우울증을 설명할 때처럼 말이다.

> 친구: 너 많이 슬퍼 보여.
>
> 나: 나 안 슬퍼. 슬픔이랑은 달라.
>
> 친구: 그런 지 얼마나 됐어?
>
> 나: 잘 모르겠어.
>
> 친구: 언제쯤 나아질 것 같아?
>
> 나: 그리 쉽다면 얼마나 좋겠어. 지금 같아선 영영 안 나을 것 같아.
>
> 친구: 왜 그런 느낌이 드는 걸까?
>
> 나: 모르겠어⋯⋯ 그게 가장 힘들어.
>
> 친구: 하지만 네가 항상 그렇지는 않잖아.
>
> 나: 느닷없이 이렇게 된다니까. 아무런 경고 없이 괜찮아졌다가 또 도지고 그래.
>
> 친구: 내가 도움이 돼줄 수 있을까?
>
> 나: 그냥 내 옆에 있어줘⋯⋯ 가지 말고.

이런 이야기는 제대로 전달하기가 정말 어렵다. 모르는 것에 대한 두려움 때문인지, 모호하거나 불쾌한 이야기를 꺼리기 때문인지는 모르지만, 사람들 대부분이 되도록 피하는 이야기라 나도 말을 꺼내기 두렵다. 내가 경험한 바로는, 사람들은 우울과 슬픔이 전혀 별개임에도 둘의 차이를 잘 구분하지 못한다. 우울은 슬픔보다 훨씬 더 깊다. 희망이 없는 상태다. 절망감이다. 나쁜 기분은 다른 데로 주의를 돌리면 금세 지나가지만, 우울은 스스로 마음을 추스르고 일어날 수 있는 종류의 것이 아니다. 슬픔은 기분이고, 우울은 질병이다.

우울이라는 단어는 날마다 들려온다. 대화하다 보면 허다하게 듣는 단어다. 가끔은 별 의미 없이, 혹은 농담 삼아 말하기도 한다. 농담 삼을 말이 아닌데도. 미국자살예방재단에 따르면 미국인 2천5백만 명이 우울증을 앓고 있으며, 매년 자살하는 3만 4천 명 중 50퍼센트가 우울증과 관계가 있다. "으, 나 오늘 너무 우울해"라고 친구에게 말하고 싶다면 이 통계를 생각해보시길. 남발하기엔 얼마나 강력한 말인지, 그 뒤에 어떤 역사가 도사리고 있는지 꼭 생각해보기를.

나는 오래전부터 우울감과 함께 살아왔고, 아직도 답을 얻지 못한 무시무시한 궁금증이 많다. 다시 정상적으로 느낄 수 있을까? '고칠' 수 있을까? 어느 날 우울증이 훌쩍 사라진다면 재발할까 봐 걱정하지 않아도 되려나? 우울증을 겪을 때 나는 끊임없이 질문한다.

그렇게 대학 1학년을 보내고 나니 증상은 나아졌다. 적어도 내가 느끼기에는 그랬다. 눈물 바람 후유증도 없었고 슬픔에 젖어 틀어박혀 있지도 않았다. 드디어 다시 '내'가 되었다(정확히는 그런 느낌이 들기 시작했다). 2학년은 큰 시련 없이 훨씬 수월하게 흘러갔다. 오랫동안 우울증이 사라졌던 이유는 지금도 모른다. 당시에 명상을 하거나 심리치료를 받지 않았기 때문에, 그 도움을 받은 것도 아니다. 명상을 하거나 심리치료를 받으려면 마음 깊숙이 자리한 비밀과, 내가 겪고 있는 일을 말해야 하는데, 내키지 않았다. 물론 지금은 전문가의 도움을 받아 헤쳐나가는 것도 좋은 방법이라는 것을 인정한다. 도와달라고 요청하기가 조금도 부끄럽지 않다. 하지만 그때는 운이 따라주었기 때문에 내 힘으로 이겨낼 수 있었다. 그건 의심의 여지가 없다.

물론 피할 수 없는 일은 결국 일어났고, 나는 다시 나락으로 떨어졌다.

2013년에 캘리포니아로 이사한 지 반년 만에 우울감은 거대한 파도처럼 삶의 모든 곳을 강타하며 나를 거친 파도 속으로 끌고 들어갔다. 나는 전처럼 허우적대며 물속으로 휩쓸려갔다. 이번에도 '왜' 그랬는지는 알 수 없었다. 돌이켜보면 당시 몇 가지 계기는 있었다. 생활 환경이 만족스럽지 않았고, 성 정체성을 숨기고 있었으며, 게이로서 처음 하는 비밀 연애가 마음처럼 흘러가지 않았다. 그토록 중요한 일을 가까운 사람들에게 숨겨야 한다는 사실도 부담스러웠다. 모든 스트레스 요인이 겹쳐 결국은 조용히 상처를 빚어냈고, 그게 점점 덩치를 키워 내 행복을 앗아갔다. 눈물은 공허한 마음만큼이나 고요했다.

이해하기 힘들겠지만 우울증은 사람을 아무 느낌도 생각도 의욕도 없는 지경으로 몰아간다. 가끔은 손가락 하나 까딱하기 싫을 때도 있다. 일시 정지된 채 계속 가장자리를 맴돌게 된다. 가족과 친구와 사이가 좋든 좋지 않든, 돈이 많든 적든 중요하지 않다. 우울증은 그런 걸 고려하지 않는다. 우울증이 꼭 나쁜 성장 환경이나 불우한 어린 시절 때문에 생긴다고 보기도 힘들다. 하지만 털어놓으면 도움이 된다. 경험한 바로는 그렇다(그래서 이 글을 쓴다). 마음을 열어야 한다. 용기를 내야 한다. 다른 사람을 안에 들여야 한다. 그게 누구든. 누구든 앞에 앉혀놓고 털어내고 싶은 미친 생각들을 들려주는 것이다.

당시에는 미래였던 지금에 와서 그때를 돌이켜보면, 위기에 처한 사람에게 침묵은 도움이 되지 않는다. 누구나 살면서 시련을 맞닥뜨리는데, 살다 보면 어쩔 수 없이 겪는 일이다. 시련은 우리를 더욱 인간답게 만들고 동질감으로 아우른다. 내 경우에는 우울할 때 혼자 지내며 증상

이 악화됐고, 자존심과 공포 때문에 몇 년간 혼자 끙끙 앓기만 했다. 최근에 와서야 도움을 청해도 좋다고 나 자신에게 말하기에 이르렀다. 홀로 온 세상과 맞설 필요는 없다. 다른 사람과 짐을 나누어 져도 괜찮다.

약한 모습을 보인다고 해서 아무도 당신을 단죄하거나 달리 대하지 않는다. 사람들 역시 어떤 식으로든 그런 처지에 놓여본 적이 있기 때문이다. 당신을 아끼는 친구라면 공감할 것이다. 당신을 사랑하는 가족도 마찬가지다. 나는 순전히 친구와 가족 덕분에 여기까지 올 수 있었다. 내가 쓰러졌을 때 그들이 손을 내밀어 일으켜 세웠다. 항상 효과가 있지는 않겠지만 적어도 그들은 나를 위해 애써줄 것이다. 내게 그건 크나큰 의미였고 지금까지도 크나큰 의미다. 너무 많은 사람에게 너무 많은 신세를 졌는데, 그 사실이 자랑스럽다.

우울감과 단둘이 외따로 떨어져, 우울감이 당신의 생각을 지배하도록 내버려두지 말고(불난 데 부채질을 할 뿐이다) 당신의 감정에 발언권을 주자. 누군가에게 당신의 이야기를 들려주고 모든 걸 털어놓아 보라. 분명 이야기함으로써 내면이 변하고 탈출구가 마련될 것이다. 대화는 잠시라도 당신을 탈출시켜줄 것이다. 시간이 흐르면서 그런 순간이 차곡차곡 쌓여 당신은 강해질 것이다. 도움의 손길은 갈수록 덜 필요해지고, 대개는 스스로 감당할 수 있다. 휴식을 취할수록 더 쉬워진다. 갈수록 나아진다. 해볼 만하다. 비구름은 흩어질 것이다. 계속해보자.

옷장 안의 괴물
가장자리의 짐승
갈 곳을 잃은 부담감
그러나 선반을 휘감은
그의 발가락

다른 사람

요즘 나는 내가 아니야
다른 사람이 된 것 같아
거울을 봐도
내가 안 보여
아침에 정신이 들면
내가 아닌 것 같아
요즘 나는 내가 아니야
다른 사람이 된 것 같아
세쩬의 나를 몰려받고 싶어

당신이 읽지 않았으면 하는 이야기

여기까지 오신 분들에게는 미안하게 됐다. 정말로 미안하다. 여기까지는 오지 않기를 바랐건만. 이번만큼은 그럴듯한 말을 늘어놓고 싶지 않다. 이런 정신머리로는 내 앙숙에게 빌미만 주게 될 테니. 이번 장에서는 여러분에게 아무런 이해도 구하지 않으려 한다.

심호흡하라. 천천히 천천히. 곧 반대편으로 날아갈 테니까. 진짜다.

지금부터 내가 하는 말이 이해가 안 되는 분이라면 뭐, 어쩔 수 없다. 오히려 잘된 일이다. 고통스러운 우울감에 시달리며 두 눈을 가리고 캄캄한 어둠 속을 헤맨 적이 없어서 무슨 소리인지 모른다는 뜻이니까. 원하면 다음 장으로 넘어가도 좋다. 그냥 건너뛰시길. 하지만 꼭 읽어야겠다는 분들도 환영한다. 계속 가보자. 당신이 무슨 일을 겪고 있는지 내가 다 아니까.

지금 당신은 암울하고 부정적인 생각의 소용돌이에 휘말려 저 아래 심연으로 빙글빙글 떨어지면서 이런 속삭임을 듣고 있을 것이다. 넌 무가치해. 넌 아무 쓸모가 없어. 넌 하찮아. 넌. 참. 쓸데없어.

이런 생각은 절대 믿으면 안 된다. 다시 한번 말한다. 절대 믿어선 안 된다. 그것은 당신의 이야기가 아니라 다른 무언가다. 생각이 항상 진실을 담고 있지는 않다. 생각은 당신이 연료를 넣어주지 않는다면 나타나자마자 사그라진다. 그러니 내 말대로 한번 해보라. 연료 넣기를 멈추고 당신이 아는 사실에 초점을 맞춰보라. 당신이 좋은 사람이라는 것, 당신에게는 밝은 미래를 위한 목표, 희망, 꿈, 야망이 있다는 것, 당신은 이 세상에 발자취를 남기리라는 것, 그리고 거기까지 가려면 아직 멀었다는 것. 이 사실까지는 모를 수도 있겠지만, 언젠가는 더 높은 곳에 서서 이 시절을 돌이켜보고는 참 괜한 몸부림을 했구나 싶어 어처구니없는 웃음을 터뜨리게 될 것이다. 당신도 나처럼 긍정적인 생각 역시 부정적인 생각만큼이나 금세 심어진다는 걸 배우게 될 것이다. 긍정적인 생각과 부정적인 생각 둘 다 같은 곳, 바로 마음에서 온다는 것도.

다시 심호흡을 한다.

이제 행복을 끌어내는 뭔가를 눈앞에 떠올려보자. 사람의 얼굴도 좋고, 아름다운 장소, 아기, 강아지, 지난날의 추억도 좋다. 그냥 그려본다, 집중해서. 그걸 보고 느끼고 즐길 때 어땠는지 기억을 불러내본다. 그 따뜻함을 느껴본다. 마음이 녹녹해지도록. 심호흡을 한다. 눈물이 나면 눈물을 닦아낸다. 다시 심호흡을 한다. 말하고 싶은 마음이 들거든 자신에 대한 긍정적인 말을 해보자. 소리 내어. 말로 표현해본다. 이게 무슨 실없는 소리냐며, 어이없는 표정을 짓겠지만 자신에 대한 긍정적인 이야기는 효과를 발휘한다. 자신의 어떤 점을 사랑하는가? 한 가지만 대보자. 딱 한 가지만.

나는 부정적인 생각의 소용돌이에 휘말려 수없이 추락했었다. 그럴 때마다 친구를 붙잡고 이 끔찍한 지옥에서 나를 꺼내달라 애원해야 할까? 그러느니 이 책을 당신의 친구로 삼는 게 낫다. 이 페이지를 당신이 목소리를 낼 이유로 삼는 것이다. 잘못된 길로 이끄는 허튼 생각의 속삭

임과 달리 이 페이지는 당신에게 거짓을 말하지 않는다. 사실을 이야기한다. 당신은 그런 대우를 받을 자격이 있다. 당신에겐 목표가 있다. 당신은 사랑받는 사람이고 꼭 필요한 사람이다. 만약 의심이 고개를 치켜들고 코웃음을 치며 "아니, 그렇지 않아"라고 말하거든, 우울감이 부정적인 굴레 속에 당신을 가두려 한다는 것을 명심하자. 우울감에 주도권을 주지 말자. 마음의 농간에 속지 말자. 긍정적인 생각으로 반격하자.

생각을 지배해야 한다. 생각이 당신을 지배해서는 안 된다. 부정적인 생각은 인생의 앞 유리창에 찍힌 깨알 같은 얼룩이니 닦아내면 그만이다. 부정적인 생각이 자꾸 살아나고, 번번이 돌아오고 때로는 끈질기게 버티겠지만 깨끗이 닦아내자. 당신은 그럴 능력도 의지도 있다. 우리는 어두운 생각에 힘을 실어주곤 한다. 생각 따위가 우리보다 더 강하다고 볼 이유가 있을까? 그럴 이유는 없다. 우리는 생각을 넘어설 수 있다. 지배할 수 있다. 극복할 수 있다. 생각은 마음속 궂은 날씨인 셈이다. 모두 지나가는 폭풍우일 뿐이다. 이런 상태가 영원히 계속되지는 않는다는 사실을 명심하자. 몇 달씩 지속된 게 아니라면, 순간의 기분은 물론 몇 시간, 며칠, 몇 주 동안 이어진 기분도 사라질 수 있다. 할 수 있다. **당신은 이겨낼 수 있고 당신에게 걸맞은 인생을 살아갈 수 있다.** 조금 더 노력해야 할 때도 있겠지만, 당신에게 쉬운 분야에서는 남들이 당신보다 더 노력해야만 할 것이다. 사람에게는 날마다 각자 마주하는 어려움이 있는 법이다. 인생이 뭐 이리 불공평한가 싶지만, 만약 인생이 공평하다면 지옥문이 열리겠지. 모든 사람이 각자 원하는 걸 빠짐없이 갖는다고 상상해보자. 맙소사. 그건 아니다. 나는 그렇게 될 때 세상을 생지옥으로 만들 사람을 적어도 여섯 명은 댈 수 있다.

심호흡 잊지 마시고. 했으면 계속해보자. 점점 더 쉬워질 것이다. 아주 잘하고 있다. 산소를 들이마시면 긍정적인 생각이 떠오를 것이다. 긍정은 늘 존재하니 그저 자갈밭을 조금만 뒤적거리면 된다.

혹시 다른 생각이 들더라도 꼭 명심하기를. 나를 비롯한 많은 사람이 당신을 사랑한다는 걸. 이 페이지는 언제나 여기서 당신에게 그 사실을 일깨워주겠지만, 당신을 아끼는 많은 사람 역시 그 사실을 기꺼이 일깨워줄 것이다. 친구, 형제자매, 부모님, 선생님, 심리치료사, 상담가. 당장은 눈에 띄지 않더라도 분명 있다.

괜찮다. 괜찮아질 것이다. 다시 한번 심호흡하고.

이제 일어나서 세상으로 나가보자. 당신을 그리워하는 세상 속으로.

쓰디쓴 죽

안 그래도 너덜너덜한
내 영혼을
아주 즙이 되도록
한번 맛보면
입이 진저리치는
쓰디쓴 죽이 되도록
고문하는
이 세상
더는 용납하지
않겠다
인연으로 얽인
신생아로 변모한
그 남자
비루한 현실에서
희귀한 해맑음을 품고

창창한 앞날을 꿈꾸는
그 남자가
두렵고 소름 끼쳐
내 마음은 진즉에
그를 내려놓고
나아간다, 타오른다
바짝 마른 숲처럼
타오른다, 훨훨, 타오른다
태양보다 찬란히
영원을 향해
우주가 허락하는 한
언제까지나

심리치료사와 나눈 이야기

친구: 그럼 오늘 또 뭐 해야 돼?

나: 일 조금 하다가 세탁기 돌리고 나서 심리치료 받으러 가려고.

친구: 어머! 너 괜찮은 거야?

나: 응…… 왜?

친구: 너한테 상처 준 인간이 누구야? 너한테 무슨 짓을 한 거냐고?

나: 뭐? 그런 거 아니야.

친구: 그 인간 이름을 말해봐. 그 인간과 끝났다는 거 받아들이고.

나: 아니야, 아니라고. 난 괜찮다니까. 너나 좀 진정해. 심리치료는 골
　치 아픈 문제들을 털어놓으려고 받는 거야. *이 말은 먹혔다*

친구: 아하. *잠시 침묵* 그렇다면 뭐…… 잘됐네.

나: 그렇다니까. 정말 잘된 거지.

친구: 흠…….

나: *어색한 침묵이 흐르다가 화제가 바뀐다*

친구와 근황을 이야기하다가 분위기에 찬물을 끼얹고 싶다면, 요즘 심리치료를 받고 있다는 말 한마디면 충분하다. 친구는 십중팔구 뭔가 심각한 일이 터졌구나 하는 뜨악한 표정으로 입을 딱 벌리고 미간을 찌

푸릴 것이고, 말한 이는 졸지에 정신이 불안한 데다, 광기에 사로잡혀 쓰러지기 직전인 사람으로 전락할 것이다. 물론 정말 그런 상황일 수도 있겠지만…… 항상 그런 것은 아닌데 말이다.

심리치료에 대해 대놓고 말하면 많은 사람이 꽤나 불편해한다. 아마도 자기 마음을 깊숙이, 오랫동안 들여다보면서 자기가 무엇 때문에 행동하고 왜 그런 행동을 하는지 알아보는 일이 불편한 모양이다. 어떤 사람들은 자신의 내면에서 못마땅한 모습을 보게 될까 봐 두려워서 감정에 집중하지 않으려 한다. 나는 정반대다. 내가 왜 지금처럼 생각하고 믿고 행동하는지 이해함으로써 더 나아지고 싶다. 심리치료를 받는다고 해서 어디가 부족한 사람이라고 생각하지 않는다. 방 뒤쪽에 있는 사람들을 위해 다시 한번 말하겠다. 심리치료를 받는다고 해서 어디가 부족한 것은 아니다. 다들 백번 공감하지 않나? 심리치료를 받는다는 것은 자기 지각Self awareness을 강화하는 데 관심이 있다는 뜻이다. 심리치료는 우리의 내면을 구석구석 비춰주기 때문에, 고성능 장비를 갖추고 인생의 난관과 인간관계, 업무를 다루는 셈이다.

문제는 정신 건강에 대해서는 항상 이상한 오명이 따른다는 것이다. 그러나 무엇을 상대로 싸우든, 우울이든, 불안이든, 상실감이든, 실연이든, 하다못해 날마다 열불 나게 만드는 친구든, 전문가의 지원을 받는 일은 지극히 정상적이다. 나는 지난 2년간 간간이 심리치료를 받아왔고, 좋으면 좋았지 나빴던 기억은 없다. 문제를 털어놓기는 힘들지만, 그 과정 자체와 자신을 알아간다는 데에 의의가 있다. 친구가 나를 단죄하지 않으면서 내 이야기를 귀담아듣고 나서, 나의 인격을 꿰뚫어보고 조언해주는 것이나 다름없다. 가끔씩 마시는 묘약을 마다할 사람이 있을까? 나는 캘리포니아로 이사 오기 전에는 주기적으로 심리치료를 받는 사람을 보지 못했다. 내가 자란 미네소타에서 이런 종류의 이야기는 금기시되었으니까. 하지만 대개 그렇듯 심리치료도 알고 나니까 아무것도 아니더란 말이지. 알고 보니 꼭 필요하고 건강한 일이었다.

나는 첫 심리치료를 2년 전에 받았다. 한 친구에게서 심리치료를 받는다는 허심탄회한 이야기를 듣고 나서 심리치료사의 연락처를 물었고, 연락처를 받아 상담을 요청하는 메일을 보냈다. 며칠 뒤 다음 날 방문하라는 답장을 받았다! 떨렸다. *어쩌지…… 너무 빠른 거 아닐까.* 소개팅을 하는 기분이었다. *생판 모르는 여자잖아! 누구한테도 말한 적 없는 이야기를 어떻게 이 여자에게 하지?* 하지만 꼭 필요한 일이라고 생각했기에 두려움을(걱정에 젖은 눈물까지) 삼키고 약속을 잡았다.

처음에는 몹시…… 불편했다. 소개팅처럼 어색해서 나도 그녀에게 이것저것 물어야 한다는 의무감이 들었다. 하지만 그럴 순 없잖아? *그냥 다 털어놔. 끝날 시간쯤에는 슬픈 이야기를 하지 않아도 될 거야! 아니, 아니야, 그 이야기 때문에 상담 받는 거잖아, 휴.* 하지만 우리는 대화를 잘 풀어나갔다(순전히 그녀 덕분이었다. 괜히 심리치료가 그녀의 직업이고 그녀가 매일 하는 일이 아니었다).

불과 한 시간 만에 그녀가 편해지다니 충격이었다. 어느새 상담은 끝났고 진척이 있었다. 속내를 모두 드러냈는지는 기억나지 않지만, 순간순간이 보람차고 만족스러운 기분으로 상담실을 떠났던 기억이 난다. 나에 대해 하나라도 더 알고 자존감이 높아진 채로 상담실을 떠나려고 상담을 받는 거 아닐까? 그렇다면 나는 목적을 달성했고 잘해냈다. 그 이후 이어진 상담도 마찬가지였다. 상담은 갈수록 쉬워졌다. 물론 전적으로 쉽지는 않았다. 모든 걸 털어놓다가 어쩔 수 없이 마음이 무너지는 일도 있었지만 그 자체도 의미가 있으므로 효과는 있었다.

심리치료사와 나누는 대화의 주제는 상담 당시에 맞닥뜨린 문제에 따라 다르기 때문에 꽤 다양하다. 몇 주(혹은 만사가 순조롭게 흘러가는 몇 달)씩은 상담을 받지 않을 때도 많은데, 어느 정도 평온을 찾은 기간 이라 볼 수 있다. 하지만 그럴 때면 이런 생각이 든다. *잘 살고 있는 건 지 가서 확인해봐야겠어.* 솔직히 별로 좋은 생각 같지는 않다. 괜찮은 지 아닌지 자신이 모를 리가 없기 때문이다. 나는 잠재된 스트레스를 어느 날 갑자기 폭발시키는 성향이 있다. 계속 꾹꾹 눌러 담기만 하다 가 스스로 압박감을 키운다. 모든 걸 혼자 힘으로 해결하려 하고, 안전 장치 없이 그대로 돌파하려 한다. 이번에는 시간만 버리겠구나 생각하 면서 상담실에 들어갔다가 전혀 인식하지 못한 문제를 여럿 깨닫고 그 이야기를 하다가 상담실을 나오는 날도 있다. 겉으로 보기에 엉망인데, 속을 들여다보면 역시나 엉망이다. **정말 가관이지 않은가?** 하지만 그래 서 훌륭한 심리치료사가 있는 것이다. 심리치료사는 뜻밖의 지식과 통 찰, 깨달음을 끌어냄으로써 평소 우리가 불편해서 외면했던 것들에 질 문을 던진다. 당신이 말하도록, 이해하도록 이끌어준다. 어찌 보면 마법 같다.

어느 쪽이 더 나아 보이는지. 1) 스트레스를 받는 일이 많지만 혼자 떠안고 간다. 2) 스트레스를 받는 일이 많지만 무슨 문제든 간에 극복 할 때까지 그 문제에 대해 이야기하기로 한다.

2번을 선택했다면, 딩동댕, 정답입니다, 신사숙녀 여러분. 호칭은 여 러분 마음대로 붙이시고요.

2년이 조금 안 되게 심리치료를 받으면서, 어떤 문제들은 이야기할수록 해결될 가능성이 높아진다는 사실을 알게 되었다. 말도 안 된다고 여기는 사람도 분명 많을 터다. '정신과 의사'가 필요한 사람은 '망가졌다'거나 '난잡하다'라는 편견을 깔고, 심리치료를 심각한 불치병과 연결 짓는 사람들이 많다. 전혀 그렇지 않다. 정신 건강을 보살피려는 노력은 가장 중요한 투자다. 몸매 가꾸는 데는 기꺼이 시간을 투자하면서 마음 가꾸는 데는 시간을 투자하면 안 되는 걸까? 머리를 자르거나 마사지를 받거나 감기에 걸려 병원에 가는 사람은 비난하지 않는데, 마음이 아파 병원에 가면 왜 이상한 사람 취급 받아야 할까?

정신 장애에 낙인을 찍지 않는 세상, 정신 건강과 관련해 도움을 구하는 사람을 이상하게 여기지 않는 세상에서 살고 싶다. 마음은 가장 소중한 부분이고, 우리가 진정으로 뿌리 내리고 살고 있는 곳이다. 가장 소중한 부분을 지키는 일은 정말이지 가치가 있다. 심리치료는 말로 다 못 할 만큼 내게 큰 도움이 됐다. 옆에 아무도 없을 때 친구 노릇을 해주었다. 어둡기만 한 터널 끝에 빛을 비추어주었다. 심리치료가 필요할 때가 있고 필요하지 않을 때가 있다. 한동안 상담을 받지 않아도 되겠다는 생각이 들면 내가 발전했다는 성취감이 든다. 필요한 도움을 받았으니 이제 버팀목은 필요 없겠다는 생각마저 든다. 오늘은 키보드를 두드려 이런 글을 쓰자니 새삼스럽게 마음이 참 홀가분하다. 어깨 위에 건강한 정신이 자리 잡으면 삶이 참으로 수월하다. 그것을 깨닫고 나니 행복하다.

길을 잃은 적 없는 사람이
자신을 찾을 수 있을까
길을 잃어봐야
그래야 여정이
시작되는 거잖아

불행에
몸부림쳐도
그는 돌아오지 않아
너를 철저히
파괴할
뿐

_____

your

unhappiness

will not bring him back

it will only further

destroy

you

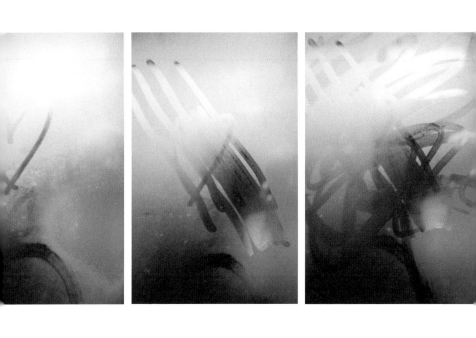

그 일이 있기 전

뒤섞이고 휘도는데도
이유를 모르겠어
뒤틀리고 불타는데도
이유를 모르겠어
우리는
위로 올라가는데
나는
아래로 아래로
추락아기 시삭한나

제자리 찾기

4년 전 대학에서 예술과 경영학 강의를 듣던 시절, 경영은(예술은 더 더욱) 나와 맞지 않는다는 생각이 들었다. 강의는 그럭저럭 따라갔지만 전혀 흥미롭지가 않았다. 그럼에도 나는 두 가지 이유로 경영학을 전공으로 선택했다. 1) 경영학이 쉽다고 들었고 2) 모두들 그걸 추천했기 때문이다. 둘 다 최악의 이유였다.

그토록 경솔하고 무신경하게 미래를 난도질하다니 머저리가 따로 없다. 고등학교에서 크게 헤매지 않고 수업을 따라갔으니 대학에서도 순조로우리라고 생각했었다. 강의는 쉬운 편이었지만 진로를 결정하기는 쉽지 않았다. 앞으로 무얼 하면서 살고 싶은지 확신이 서지 않았다.

학교 친구들은 대부분 꿈꿔온 직업이 있었고 무얼 하고 싶은지 정확히 알고 있었다. 반면 나는 제자리걸음만 하고 있었다. 어느 길로 가야 할지 몰라 사거리 가운데 서 있는 꼴이었다. 친구들은 고등학교를 졸업하자마자 '꿈에 그리던 전공'을 이수하기 위해 '꿈에 그리던 학교'에 진학했지만, 나는 이상하게 갈피를 잡지 못했다. 특별히 잘하는 것도, 꼭 해보고 싶은 것도 없었다.

그 막막한 심정이란 말하자면 이랬다.

친척: 학교에서 뭐 전공하고 싶어?

나: 모르겠어요.

친구: 내년에 가장 기대되는 건 뭐야?

나: 모르겠어.

잘 모르는 사람: 평생 하고 싶은 직업이 뭐예요?

나: 모른.다구.요.

두려웠지만 경영학을 전공으로 선택하고 나니 최소한 뭔가를 골랐다는 생각에 압박감은 잦아들었다. 이제는 사춘기 이후 어른들에게 하루도 빠짐없이 들어온 "학교에서 무얼 전공할 거니?"라는 질문에 대답할 수 있었다. 그런데 아니나 다를까, 수강한 지 얼마 못 가서 싫증이 나는 걸 숨길 수 없었다. 무난한 전공을 선택하긴 했는데, 내가 좋아해야 말이지. 나는 경영학을 정말 좋아했을까? 아니, 전혀 아니었다. 그렇게 딴생각만 하면서 2년을 흘려보냈다. 즉시 손을 털지 않은 것은 순전히, 계속해보라는 주변 사람들의 권유 때문이었다. 강의는 계속되었다. 2학년에도 성적은 좋았고 나는 학업을 계속했다. 엉덩이는 의자에 붙어 있었지만 마음은 늘 콩밭에 가 있었다. 마지못해 공부하는 시늉만 냈다. 적어도 내가 느끼기에는 그랬다.

현재로 빨리 감기

지금의 나를 바라본다. 현재 경영과 예술은 둘 다 내 삶에서 빼놓을 수 없는 요소로 자리 잡았다. 어떻게 이런 일이 일어났을까? 어디서부터 시작된 걸까? 신기한 일이다. 내가 중간 어디에선가 스스로 나아갈 방향을 잡은 것이다. 순전히 우연히 말이다. 어라, 목적지, 여기 있었군!

그동안 어디 갔었니? 걱정하다 하마터면 오춘기 올 뻔했다고!

여러분도 알다시피 나는 카메라에 대고 말하기 시작했다. 현재 나의 일상은 거의 예술과 경영으로 채워지다시피 한다. 오늘은 경영과 관련해 어떤 일을 해야 하는지 생각하며 잠에서 깬다. 구상하고 실현해야 할 예술적 아이디어가 떠올라 잠을 못 이루기도 한다. 내 일은 전부 브랜드를 쌓아올리고 창의력을 발휘하는 일이다. 말하자면 나는 대학에서 배운 학문을 내가 좋아하는 일에 적용하고 있다. 후, 드디어 신호등에 파란불이 들어온 것이다.

대학 시절 초반으로 돌아가보자

나는 나 자신에게 말한다. 어이, 코너, 지금 지루해서 미칠 지경인 줄은 알겠는데, 일단 진정해! 경영이니 예술이니 하는 걸 언젠가는 써먹을 날이 올 거야! 내 말 믿어.

나는 한심하다는 듯 나 자신을 쳐다본다. 그래, 어련하겠어. 알았어.

(지나친 내면의 대화는 자제해야겠다. 문제 생기기 전에)

현재로 얼른 돌아오자

그리고 지금의 내가 있다. 이제 모두 이해가 된다. 여기서 주목할 것. 인생은 얄궂게도 빙 돌아가더라도 결국 제자리를 찾는 법이다. 인생은 우리를 가야 할 방향으로 밀어준 뒤 때가 되어야 열매를 맺는 씨앗을 심어준다. 우리가 알든 모르든, 꼭 맞는 사람들, 상황, 경험, 기회를 만나고 있으니 그저 받아들여서 잘 가지고 있기만 하면 된다. 예전에는 내가 하는 일이 계획에 없이 우연히 굴러 들어온 행운처럼 느껴졌지만, 지금 생각해보니 대학에 들어갔을 때부터, 어쩌면 그보다 더 전부터 내가 그리기 시작한 원의 완성본인 듯하다.

우리 중 누구도 어떤 미래가 펼쳐질지 모른다. 사실, 미래는 테이블 위에 조각이 뒤죽박죽 흩어진, 거대한 미완성의 퍼즐 게임처럼 느껴질 때가 많다. 나는 처음에 내게 필요한 이 조각들이 이미 거기에 있었다는, 작고 귀여운 내 코 바로 밑에 있었다는 사실을 간과했다. 당시에는 더 큰 그림을 그릴 줄 몰랐다.

지금보다 젊었던 나 자신에게 몇 가지 귀띔하고 싶다. 자기 자신과 지금 하는 일을 믿고 계속 나아가라. 그리고 모든 게 제자리를 찾으리라고 믿어라. 앞으로 계속 나아가기만 한다면 방향은 몰라도 괜찮다. 중간에 나타나는 퍼즐 조각을 줍고 지식을 쌓고 배워가면서 계속 앞으로 나아가면 된다. 걸음을 멈추고 가라앉는 행동은 가장 좋지 않다. 그러지만 않으면 결국 도착해야 할 곳에 도착할 테고, 뒤돌아보면 완성된 원이 보이면서 이상한 길로 돌고 돌아온 이유를 깨달을 것이다.

색깔

빨강과 파랑에
너를 떠올린다
초록과 갈색은
시내의 아침 식사
노랑과 분홍은
해가 지던 해변
하양과 회색은
우리가 누웠던 이불 속

모래 위 발자국

파란 바다에
피어나는 생각들
다디단 물
저녁 날의 행복
커플들은 키스를 나누고
아이스크림은 녹아가네
땀방울이 떨어지는
훈훈한 냄새
오늘을 함께한
맞잡은 손과 손의
위엄을 갖춘
또 한 번의 퇴장

우리
PM 12시 23분

장미 향기, 이불 텐트
종이비행기, 따스한 빗방울
보드라운 머리카락, 멋대로인 손길
머그컵 한 잔 더, 포옹 한 번 더
동틀 녘의 키스, 말로 하는 주먹질
값비싼 휴가, 새로운 장소
자정의 비행, 연 날리기
잠깐, 왜 하필 지금이야, 떠나지 마
부재중 전화들, 멀어지는 인연
아침의 눈물, 홀로 기울이는 맥주잔
갈라진 길, 쪼개진 반쪽
다짐한다, 그냥 내가 되기로
여기는, 최악의 두려움은 그만두기로

들불

PM 12시 1분

우리 사랑은 도깨비불 같았다
타오르고 타오르며 앞에 있는 모든 걸 삼키는데도
결국 남김없이 꺼져버릴 불길이었다

내 옆의 빈자리

오늘은 어쩌다가 오리건주 포틀랜드에 와 있다. 나를 개인적으로 아는(혹은 나에 대해 조금이라도 아는) 사람이라면 내가 여기를 즐겨 찾는 걸 알 것이다. 힙스터와 히피들이 우글거리고, 커피가 끝없이 흘러나오는 것 같고, 한밤중에도 사람들이 조깅을 하고, 두툼한 이불 같은 안개가 툭하면 도시의 구석구석을 뒤덮는 곳. 내가 보기에 포틀랜드는 그런 곳이다.

낯설면서도 익숙한 이 땅은 내가 좋아하는 것들을 빠짐없이 갖추고 있다. 내가 그냥 짐을 꾸려 북쪽으로 달려가서는 여기가 내 집이요, 선언해도 전혀 이상하지 않을 만큼. 평범한 인간이라면 누구나 그러고 싶지 않을까? 휴, 하지만 어디 마음대로 되나. 적어도 내겐 먼 훗날의 이야기다.

요즘 들어 부쩍 바쁘고 메마른 콘크리트 정글인 로스앤젤레스를 떠나 포틀랜드에 안식처를 마련하고 싶은 마음이 꿈틀댄다. 마음을 가라앉히고 영혼을 달래고 싶다. 세상 다 산 듯한 소리, 입에 발린 말처럼 들렸으려나. 하지만 나는 포틀랜드를 좋아해서, 행복해지려고 여기에 왔다. 솔직히 말하면 모든 게 조금 벅차게 느껴지기 시작했다. 로스앤젤레스에서 3년 동안 살았는데 아무래도 이 도시는 나랑 맞지 않는다. 처음 서부로 이사 왔을 때만 해도 서부는 사람과 환경과 라이프스타일이 신이 내린 관계처럼 딱딱 들어맞는다고 생각했는데, 더 이상은 그렇게 느껴지지 않는다. 물론 요즘 내가 오춘기의 위기를 통과하고 있기는 하다. 뜻밖의 실연에 뒤통수를 맞고 마음속 깊이, 머리부터 발끝까지 황폐해지고 외로움에 휩싸여 있지만, 그게 핵심은 아니다.

'장미의 도시' 포틀랜드에 1년 넘게 오지 못했는데도, 어떤 대화를 나누든 포틀랜드에 대한 이야기를 꼬박꼬박 하게 된다. 내게 "가장 좋아하는 도시가 어디냐"라고 묻는다면, "포틀랜드요"라고 거침없이 바로 말할 수 있다. 더욱이 여기엔 친형이 산다. 말하자면 공짜 호텔에 묵으면서 고양이 같은 조카딸과 조카아들을 만날 수 있는 곳이다. 보너스가 따로 없다.

여기 도착한 뒤로 벌써 며칠째 혼자 돌아다니고 있다, 형이 임해야 하는 관계로(보통의 사람들이 그렇듯). 나 혼자 공짜 호텔에 남아 종일 뒹굴대다간 미쳐버릴 게 분명하다. 솔직히 혼자 여행하면서 나를 억지로…… 혼자 두는 게 얼마 만인지 모르겠다. 혼자 조용히 보내는 시간을 즐길 줄 알게 되었지만 이번에는 조금 다르다. 이번 여행은 나를 탐색하는 강제 여행인데, 정확한 이유는 모르겠지만 꼭 필요하다는 당위성을 느낀다.

장담컨대 많은 사람이 지금의 나처럼 하라고 하면 질색할 것이다. 생각만으로도 손사래를 치는 사람도 많을 테고. 오늘도 나는 군중 속에 혼자 있으니 말이다. 사람들 대부분이 친구와 함께할 법한 일을 나는 혼자 한다. *땅이 흔들흔들하고, 발밑이 푹 꺼지고, 겁에 질린 비명이 터져 나오며 아비규환의 세상이 펼쳐진다*

네, 암요, 그냥 미친 거지요. 나도 알아요. 그래도 나는 나의 외로움과 단둘이 갇혀 외로운 수련을 해야 한다. 지금 나는 늘 막연히 두려워했던 일을 할 수 있는지 실험을 하고 있다. 나 자신과 단둘이 놀기.

아침 먹고 나서 일을 좀 하다가 즐겁게 산책을 하고는 박물관에도 다녀왔다. 그리고 딱 한 번 가족 한 명에게 전화해 이야기했다. 나 좀 봐, 나 나아지고 있다고! 나처럼 내향적인 사람에겐 정말 장족의 발전이다(나는 내향성과 외향성이 반씩 섞인 중간 지대의 사람이니 정확히는 양향성이라 해야겠지만 다음 기회의 다른 책과 다른 장을 위해 남겨둬야겠다).

요즘 나는 본의 아니게 깨달음의 시간을 보내고 있다. 이제 스물네 살인데 사람들과 같이 있지 않으면 내가 누구인지 모르겠다. 꼭 절반만 남은 사람처럼. 반쪽은 진즉에 떠나고 없는데 그 사실을 방금 깨달은 사람 말이다. 나는 가까운 친구들을 만나면 너 자신은 어떤 사람이냐고, 너와 같이 있을 때 나는 어떤 사람이냐고 물어보곤 한다. 이런 생각을 하며 혼자 시간을 보내게 된 이유는 최근에 내 삶을 송두리째 흔든 이별을 겪었기 때문이다. 순전히 이별 때문은 아니지만 중요한 이유이기는 하다. 이 글을 읽고 있을 어른들에게 한마디 하자면, 나도 지금 이 과정이 지나가는 여정에 불과하다는 사실은 잘 안다. 스스로 내 사회성을 파괴하고 있긴 하지만 이렇게 해야 한다고 느낀다. 그리고 이 감정을 꼭 공유해야 한다고 생각한다. 그런 차원에서 이 책을 쓴다. 나는 견뎌내고 있다.

몇 년간 다른 사람과 하나가 된 삶을 살았지만 지금은 다시 오롯이 나 자신으로, 스스로 서려 하고 있다. 떨어져가는 위태로움과 기쁨이

란! 당시에는 관계에서 벗어나거나 반쪽이 내 옆에 없으면 내가 누구
인지 알 수 없었다. '나'는 없고 '우리'만 존재했다. '우리'가 좋아하는 것
들에 익숙해졌다. 서로의 관심사가 빠르고 자연스럽게 합쳐지면서 우
리는 하나가 되어갔다. 워낙 편하고 자연스러웠기 때문에 하나가 되어
간다는 사실을 알아채지 못했다. 막상 닥치기 전까지는 실감하지 못하
지만, 일단 반쪽이 가슴 안으로 쳐들어오는 순간 그 일은 자연스럽게
흘러간다. 힘 하나 안 들이고. 살맛 나고 콧노래가 절로 나는 그 아름다
운 조화 속에서 살아가는 길 외엔 다른 길은 생각조차 할 수 없다.

이별 이후 나는 그와 나를 가르는 경계선을 찾으려 노력했다. *나는
누구일까? 이제 나는 무엇이 되는 걸까?* 이런 감정은 한 번도 느껴본
적 없었는데, 이 글을 쓰는 지금은 느끼고 있다. 그러니 여러분도 나와
함께 견뎌내기를 바란다. 낯설고 두려운 이 감정을 느끼지 않아도 된다
면 얼마나 좋을까마는, 겪어야만 하고 또 겪는 중이다. 혹시 모르는 사
이에 내 정체성 일부를 잃어버리진 않았을까 의구심마저 든다. 나의 일
부분을 남겨두고 온 건 아닐까, 그랬다면 얼마나 멀리 두고 왔을까. 어
딘가에 떨어뜨렸을까? 방향을 돌려 되찾을 때까지 왔던 길을 되돌아가
야 할까, 아니면 계속 앞으로 나아가면서 다른 길에서 나타나기를 기다
려야 할까? 그건 내게 달린 듯하다.

사람들은 로맨스든 플라토닉한 사랑이든 가깝던 연인과 헤어지면
이렇게 말하곤 한다. "나를 되찾고 싶어." 이제야 그 말이 무슨 뜻인지
절감한다. 예전에는 한 번도 이해가 되지 않았지만…… 지금은 안다.
*너 없는 나는 누구일까? 우리가 우리가 아니라면, 우리는 뭐가 되는 걸
까? 나의 목표는 무엇일까? 나는 무엇을 좋아할까? 나는 어느 방향으*

로 가고 싶어 할까? 밤에 어떻게 혼자 자지? 이 이상한 독립 영화를 나랑 같이 보러 갈 사람이 있을까? 오늘 공공장소에서 모르는 사람이 보여준 웃긴 행동을 누구한테 문자로 알려주지?

이 애매하지만 꽤나 중요한 질문들에 대해, 내가 만족스러운 대답을 얻을 수 있을까? 그럴 리가. 억지로 대답을 짜내는 감이 없지 않지만, 이 질문들에 답하는 일은 꼭 필요하다. 나 혼자 놀고 있는 이 현실이 불편하기도 하다. 아마도 내 옆이 비어 있다는 공허함, 다른 이에 얽힌 추억, 사람은 간데없고 텅 빈 의자 위에 맴도는 퀴퀴한 공기 때문일 테지. 뭔가 얘기할 게 생기면 대체 누구와 이야기하지? 머릿속에 어떤 질문이 딱 떠오를 때 누구한테 물어보지? 무시무시한 와이파이 비번을 알아봐달라고 누구한테 부탁하지? 생판 모르는 사람에게? 차라리 혀를 깨물고 말지.

관계라는 성스러운 영역의 폭신폭신한 벽을 허물고 나니 날선 고독이 나를 덮친다. 이런 게 외로움이겠지? 한때 익숙했던 감정이 이상하게도 별안간 생소하게 다가온다. 나의 삶, 그를 만나기 이전의 내 삶은 이제 아득하기만 하다. 하지만 나라는 존재를 두려워하면서 살아가고 싶지는 않다. 절대로. 인생 최고의 길동무는 나 자신이라고 생각하고 싶다. 나 자신과 함께할 때 오는 만족감과 평온함을 느끼고 싶다. 지금의 이 아슬아슬한 초조함은 싫다. 건강하지 않다.

그만 현실을 인정하자. 인생이라는 여정에서 늘 우리 옆에 머무르리라고 장담할 수 있는 사람은 자기 자신뿐이다. 종착역에 도착할 때까지 자기 자신과 행복하게 지내는 게 최선이다! 두 번 생각할 것도 없다. 옆에 뚫린 인체 모양의 텅 빈 공간에 누군가를 억지로 끼워 맞출 필요가 없다.

　내가 오랫동안 나 자신에 대해 알아낸 바에 따르면 한동안 외로이 지내도 괜찮다. 혼자 지내는 시간을 꼭 즐겨야 하는 것도 아니다. 오해 말기를. 나도 혼자 있는 시간을 즐기려고 애쓴 적이 있었다. 정말 많이 노력했지만 얼마 못 가 지루해졌다. 혼자 있는 시간이 왜 중요한지도 알겠고, 왜 좋아해야 하는지도 알겠지만 혼자 보내는 시간이 편하지만은 않다. 그렇게는 잘 안 된다. 아니, 곰곰이 생각해보면 난 혼자 있는 게 싫다. 점점 자라나 덩치를 키우면서 가장 나쁜 쪽으로 치닫는 내 생각과 단둘이 남아 있으면 위험하다. 혼자인 나를 두들겨 패고 나의 진실을 갈기갈기 찢으려고 호시탐탐 노리는 최악의 적수는 바로 내 마음이다. 사실 살짝 과장을 보태긴 했지만, 암울한 기운과 악몽에 붙잡힐 때면 정말 미칠 것 같다. 어쩌면 이게 지금의 내 현주소인지도 모르겠다. 어쩌면 영원히 이럴지도 모른다. 어느 쪽이 맞는지는 시간이 말해주겠지만, 나도 영 바보는 아니라서 고독을 마냥 두려워해서는 안 된다는 정도는 알고 있다. 그 고요함에 겁을 먹어서는 안 된다…… 비록 아직은 두렵지만.

　*삼천포로 *빠지기* 전 있었던 포틀랜드의 *커피숍*으로 여러분의 관심과 상상력을 돌려주시길*

　지금 나는 혼자 글을 쓰고 있다. 오늘 아침 잠에서 깬 이후 쭉 혼자다. 사람들이 같이 어울리자고 했지만, 아니, 다른 누구도 아닌 나 자신과의 이 약속이 절실했다. 해낼 수 있다는 걸 알고 있었기에 가능했다. 할 수 있다는 걸 기억하기만 하면 된다.

　처음 이 가게에 들어왔을 때는 나뿐이었다. 특이하게 생긴 바텐더 말고는. 턱수염을 기르고 서로 안 어울리는 셔츠와 스웨터를 입은 *진 저리 나고 헉 소리 날 만큼 패션 감각이 꽝인* 남자. 나는 들어오자마자 그냥 나갈까 생각했다. *저 남자가 말을 걸면 어떡하지? 분명히 말을 걸 거야!* 하지만 나는 남았고 용기를 짜내 어른답게 와이파이 비밀번호를 물어보았다. 농담은 이쯤 하고, 이런 고독한 시간도 그럭저럭 괜찮다. 혼자 살아가는 법을 배우면서 넓고 무서운 세상 속으로 홀로 발을 내디디는 시간인 셈이다. 나는 걸음마를 배우는 아기처럼 다시 걷는 법을 배우고 있다. 연애가 끝난 뒤 혼자가 될 때 얼마나 초라해지는지를 생각하면 그저 놀랍다. 진정한 동반자라 여겼던 관계였다면 특히나 더 그렇다.

여기에 핵심이 있다. 우리의 정체성이 다른 사람의 정체성에 완전히 겹쳐져 있을 때, 관계 안에서 우리는 한 개인으로서의 자신을 잃을 위험에 처하고 만다. 골치 아픈 점은, 함께할 당시에는 내 정체성이 다른 사람의 정체성과 겹쳐지는 일이 아주 당연하게 느껴진다는 것이다. 모두들 입버릇처럼 말하는 그 유대감을 얻은 것이 그저 행운처럼 느껴질 따름이다. *이건 '우리 거'야. 우리가 발견한 거야. 그러니 절대 놓쳐선 안 돼.*

우리가 다른 사람과 하나가 되려는 이유는 대부분 그 사람 속으로 뛰어들어 소중한 시간을 함께 만끽하고 싶기 때문이다. 하지만 그 시간에서 벗어나 있는 지금 이 순간, 나는 어떤 관계를 맺든 그 과정에서 한 개인으로서의 나를, 내 관심사, 내 친구, 내 자아를 절대 잊어서는 안 된다는 사실을 배우고 있다. 자신을 잊어버리고 다른 누군가만 바라봐서는 안 된다. 시야가 좁아지면 언젠가 눈이 멀고 만다. 나는 그 죄를 저지른 죄인으로서 지금 여기 있다. 여기 포틀랜드의 한 커피숍 안에서 정신을 차리려 애쓰고 있다. 길 어딘가에서 잃어버린 '나'를 찾기 위해서. 지금 내가 말짱하고 어떻게든 정신을 차릴 거라고 말하면 설득당할 사람이 있을까 모르겠다만, 사실 이 글을 쓰는 지금의 나는 그다지 제정신이 아니다. 제정신이 정확히 어떤 건지는 모르겠지만. 내가 해낼지 아닐지 누가 장담하겠나.

지금 당장은 외롭고 불안하지만 이미 예상했던 바다. 그도 그럴 것이, 모두들 내게 이렇게 될 거라고 말했으니까. "죽을 맛일걸. 완전 죽을 맛. 몇 달씩 그렇겠지만 결국 사라져. 때가 되면 괜찮아져." 나는 혼자 있기로 했다. 슬픔에 내 몸을 담그고 흠뻑 취해 앉아 있기로. 이 슬픔을 상대할 수 있다면 앞으로 나아갈 수 있을 것이다. 하지만 이 끔찍한 감정에서 도망치면 나의 앞날에 아무런 도움이 되지 않을 것이다, 그러니 당장 극복하는 게 최선이다. 반창고를 뜯어버리자. 단호하게. 빠르게.

나는 나 자신에게 다시 주파수를 맞추고 내 안의 목소리에 귀 기울이고 내가 무엇을 좋아하는지, 내게 무엇이 가장 좋을지 다시 결정하는 데 지금 이 시간을 오롯이 쓰고 있다. 내게 필요한 일이다. 나를 위한 일이다.

결국 나는 괜찮아질 것이다. 오리건에 있든 캘리포니아에 있든 세상 어딘가의 외딴 섬에 있든, 결국 제자리로 돌아올 것이다. 지금 느끼는 이 공포는 걸림돌이 아니라 디딤돌이다. 언젠가는 다시 사랑을 찾을 것이다. 누구나 그러듯이. 마음이 너무 아파 다시는 그 길을 가지 않겠다고 맹세한대도 모두들 다시 사랑을 만난다. 어떻게 나만 예외랄 수 있을까. 그럴 리 없지. 좋았던 기억은 좋았던 그대로 소중하게 간직하려

한다. 우리는 쓰러질 때마다 조금씩 배우고 현명해진다. 암, 나는 다시 사랑을 찾을 것이다. 그리고 다음번엔 부디 그 과정에서 내가 누구인지 잊지 않기를.

밸런타인데이

AM 7시 17분

칠흑 같은 어둠
공기 얼룩
훌쩍이는 내 소리만
공간을 채운다
어질러진 침대
공허한 집
이런 느낌이 없다면 어떨까
기운 나는 날이 오려나
평생 외톨이일 것 같아
오래도록 익명으로 머무는 이 침묵을
달리 해석할 길이 없다

그의 품 안에서

우리가 어디 있든 뭐가 중요해
그게 당신이고
그게 나라면
서로의 품 안에서
시선보다 더 가까이
함께한다면

옷장의 안쪽

앉아서 이 글을 쓰는데 키보드를 두드리는 손가락이 문득 눈에 들어온다. 와, 내 손톱 좀 봐. 손톱에 칠한 금색이 하도 근사하게 반짝여서 오색찬란한 감동이 밀려든다. 누구든 두 눈으로 직접 보면 아니라고 못할 만큼.

이제부터 2년 전이라면 절대 쓰지 못했을 글을 써보려 한다.

나는 짧은 시간에 기나긴 길을 걸어왔다. 온라인에서는 2015년 후반부터, 사생활에서는 2014년부터 옷장에서 나와 살아왔다. 흥분의 연속이었다. 이후 내 삶은 산성 용액을 조금 섞은 제트 연료를 채운 듯, 빛의 속도보다 빠르게 흘러왔다. 나는 더 나은 나로 탈바꿈했다. 완전히 새로운 사람으로 태어났다. 나의 어릴 적 자아는 절대 믿지 못할 만큼. 믿기는커녕 내 얼굴에 대고 한바탕 폭소를 터뜨리겠지. 야릇하게 눈알을 살짝 굴리면서 "헤헤헤"가 아니라 실성한 인간처럼 객쩍은 소리 말라는 듯 "하하! 아하하" 하고.

'커밍아웃'이 무얼 얼마나 바꿔놓을지 나는 가늠하기 어려웠다. 내면은 송두리째 바뀌겠지만 겉으로는 아무것도 바뀌지 않을 거라고 생각했었다(말이 되려나). 사람들의 시선이나 소통하는 방식이 바뀌는 건 원하지 않았다. 단지 더 편안하고 진실하며 기쁨으로 충만한 내가 되

249

고 싶었다. 본연의 모습으로 더 행복해지고 싶었고, 어느 때보다 더 본연의 자아에 충실하고 싶었다. 만약 뜻대로 되지 않으면 내가 나온 옷장으로 다시 들어가서 영영 숨으면 그만이지 하고. 농담이다. 어림없지. 끔찍한 10대 시절의 옷들이 걸린 그 옷장 안으로는 절대 돌아갈 생각이 없다. 무슨 생각을 한 거람?

이제부터 상투적인 말들의 폭탄이 떨어질 텐데, 준비들 되셨는지? 자, 시작. 일단 옷장 밖으로 나오면 기분이 한결 좋다. 콰광! 슉! 클리셰 투하. 그래도 진실은 진실이다. 사람들이 상투적인 말을 자주 듣게 되는 이유는 그 말에 진실이 담겨 있기 때문이다(적어도 나와 내가 아는 사람들에겐 그렇다). 첫 커밍아웃은 조금 이상하고 불편한 충격이었다. 하지만 몇 주가 흐르자 모든 것이 훨씬 좋아졌다. 정확히 설명하자면, 홀가분하달까, 나의 마음과 실존 전부를 짓누르던 비밀을 벗어던진 듯했다. 사람들에게 "나 게이야"라고 당당히 말할 수 있게 되었을 때, 몸에 쌓여 있던 독소가 싹 씻겨나간 듯 안도감이 나를 휘감았다. 숨통이 트였다. 속부터 치유되는, 재생되는 느낌이었다. 하지만 하나하나 되짚어봐야겠다. 처음부터 끝까지 솔직한 이야기를 듣고 싶을 테니까. 맞죠 (여러분이 속으로 "그럼요"라고 대답할 거라 믿는다)?

우선, 나의 경우 커밍아웃 경험이 좋았다는 점을 미리 밝혀둔다. 소중한 사람들은 물론이고 먼 지인들까지도 놀라운 반응을 보여주었다. 지원군을 얻고는 안심이 됐다. 큰 축복이었다. 누구나 본모습을 밝히면 이런 대우를 받아야 마땅하다. 그런데 오늘날의 세상에서는 많은 사람들이 정반대로 대우받고 있어 슬프고 안타까울 따름이다. 다른 사람도 나처럼 잘되기를 기도하지만, 울타리 안팎 양쪽을 모두 비추는 일도 그

못지않게 중요하다는 사실 역시 잘 알고 있다. 커밍아웃은 마음이 무너지는 끔찍한 경험이 될 수도 있기에, 밖으로 나서기 전에 안전이 보장될지 꼭 확인해야 한다. 이상적인 세계에서라면 모든 이의 진실이 환영과 격려를 받겠지만, 다들 알다시피 미국의 많은 지역을 포함한 세상 곳곳의 현실은 그렇지가 않다. 나는 커밍아웃을 하고 나서 있는 그대로 인정받았고, 다른 사람도 그럴 수 있기를 바란다. 물론 강인함과 용기는 필수다. 나는 새로운 나, 진짜 나로 세상에 나서기까지 스물한 해가 걸렸다. 하지만 공개적으로 커밍아웃을 하고 나서 얼마가 됐든 단 몇 달만이라도 진짜 정체성으로 살아보면, 커밍아웃이 대수롭지 않은 일이었다는 사실이 서서히 드러난다. 오랫동안 붙어 떨어지지 않던 생각, 의심, 걱정이 모두 허공으로 증발되고 아주 가끔 불현듯 희미한 기억으로만 떠오를 뿐이다.

처음에는 나의 은밀한 비밀을 이야기하기가 어려웠다. 오랫동안 억눌르던 생각을 표현하려니까 어색하기도 했다. 나는 길거리에서 매력적인 남자가 걸어가는 걸 보고도 말 한마디 못 하던 사람이었다. 친구들이 아무렇지 않게 "대박, 와, 저 남자 누구야?"라고 말할 때도 그랬다. 대개는 고개를 끄덕거렸지만 그 이상 표현하자니 내키지 않았다. 친구들에게는 더 이상 비밀로 하지 않았지만 어떤 이유에서인지 진짜 나로 사는 게 여전히 어려웠다. 새로운 사람으로 거듭났지만 익숙해지기까지는 시간이 걸렸다. 나는 안에 머물러 있는 생각을 소리 내어 말하라고 내 수줍은 자아를 다그치기 시작했고, 귀여운 남자를 보면 친구들에게 크게 말하기 시작했다. "저 남자 진짜 귀엽다!" (상스럽지는 않게. 나는 신사다. *내 머리 위에 자리 잡은 천국의 후광을 보라*)

몇 달만 지나면, 그리고 매력적인 남자 몇 명만 있으면 진심이 담긴 목소리를 점점 당당하게 낼 수 있다. 훈련이 완벽함을 만든다. 다른 많은 일들도 마찬가지다.

솔로인 남자로서 처음으로 게이 바에 갔을 때도 그랬다. 휴, 정말이지 재미와 스트레스, 진땀, 칼리 레이 잽슨*의 연속이었다! 말 그대로.

내 친구들은 평범한 사람들이 그렇듯 웨스트 할리우드에 나가서 한잔하고 춤추기를 좋아했다. 그날 나는 같이 나가자는 친구들의 끈질긴 문자 메시지에 못 이겨 따라 나섰다. 나는 그때까지만 해도 나가 노는 일이 드물었고 밤 풍경을 조금은 무서워했다. 바에 있는 사람들 대부분이 함께 밤을 보낼 사람을 찾고 있다는 사실을 알면서 바에 들어가는 일은, 나에게는 위험한 행동이나 다름없었다. 압박감이 실로 어마어마했다(그 이유를 누가 알까). 하지만 그날 나는 압박감을 삼켜버렸다. 내가 매력적인 게이들이 우글거리는 작은 방 안에 있다는, 처음 겪는 충격을 극복하고 긴장을 풀었다. 그리고 모두들 똑같은 이유로, 정신줄을 놓고 놀아보려고 그 바에 있다는 사실을 받아들이고 나 자신에게 말했다. *나도 정신줄 놓고 한번 놀아볼 테다!* 나랑 마음 맞는 사람이 있지 않겠는가?

애석하게도, 그날 나는 누구와도 키스하지 않았고 누구도 집에 들이지 않았다. 그럴 마음이 없어서가 아니라 '나 자신과 함께하는' 그 시간이 너무 즐거웠기 때문이다. 나랑 함께한다는 말이 이상하게 들릴지도 모르겠다. 나는 원래 외출을 그리 좋아하지 않는다는 사실을 기억해주

---

* 오디션 프로그램을 통해 데뷔한 캐나다 출신의 여가수.

길. 그러니 이 첫 경험은 일종의 맛보기, 말하자면 다른 사람과 어울리기 전에 먼저 나 자신과 어울려보는 사전 절차였다.

새로운 나 자신으로 외출해서 새로운 환경에서 마음 편히 즐기려면 연습이 필요하다. 나는 이런 자리에서 이른바 노련한 선수는 아니다. 남자 스트리퍼에게 팁을 줄 땐 여전히 웃음기가 가시고 어쩐지 서글프지만 그래도 노력하고 있다. 어떤가?

소년 시절 이후 오랫동안, 게이로서 밤에 외출해서 노는 일이 로망이었다. 그런데 막상 해보니 몇 년 더 일찍 해봤더라면 어땠을까 싶었다. 만약 그랬다면 나는 달라졌을까? 더 일찍 내가 '나다워'졌을까? 어릴 적만 해도 이성애자 친구들은 바에서 사람을 사귀고, 낯선 사람과 춤추고, 댄스 플로어에서 입을 맞추면서 연애를 했다. 수차례(몇 명은 미성년자였다). 무척 부러웠지만 옷장 안에 꽁꽁 숨은 처지인 나에겐 불가능한 이야기였다. 그런 경험과 소통, 유대감은 남의 일로 생각하며 자라났다. 신기한 꿈이나 다름없었다. 대단한 자유처럼 느껴졌고 두렵기도 했다. 동성애자든 이성애자든, 시끄럽고 어지러운 곳에서 낯선 사람에게 다가가려는 생각만 해도 두려움과 전율이 인다. 다시 말하지만, 훈련하면 완벽해질 수 있다. 대범한 사교술은 익혀야 하는 요령이다.

'게이' 선언 이후 또 뭐가 바뀌었을까?

나이를 거꾸로 먹는 기분이다. 스물네 살에서 열여섯 살로 돌아가 어릴 적 박탈당한 모든 기회를 누리고 있다. 누군가에게 반해 깔깔거리고, 밖에서 신나게 놀고, 남자를 보고 들뜨기도 한다. 데이트는 낯설지만 사랑은 이뤄질 수 있을 것 같다. 과거가 현재로 온 듯 전부 새롭다.

또래들은 오래전에 통과한 그 '처음들'을 경험하기 시작했을 때, 나는 잃어버린 시간을 채워가는 것만 같았다. 오랫동안 겉돌던 게임에 드디어 참가할 기회가 주어지다니, 이런 축복이 다 있을까. 커밍아웃은 그런 의미였다. 다시 잡은 기회. 더 넓은 지평선과 더 큰 가능성이 있는 새로운 세계에서 다시 태어난 듯하다. 여기까지 오래 걸렸지만, 내 길을 찾아서 기쁘다.

수많은 사람이 이런 기회를 누리지 못하는데 나는 기회를 잡았으니 얼마나 운이 좋은지. 성소수자니 정체성이니 하는 걸 제쳐두고서라도, 사람들은 늘 자신의 진면모를 숨기고 있다. 진짜 자아를 하도 오랫동안 꽁꽁 숨겨온 나머지 '돌아가는 길'이 없다고 굳게 믿는다. 새롭게 거듭나기가 살 떨리게 두려운 것이다. 그러니 내 자신이 되기로 결정한 나는 참 축복받은 사람이다. 나 자신에게 진실하다는 게 얼마나 큰 선물이자 보물인지! 예전에는 감히 뜻하지도 말하지도 못했었다.

재탄생과 재창조는 누구나 잡을 수 있는 기회다. 그저 당신이 누구인지, 앞으로 어떤 사람이 되고 싶은지 알기만 하면 된다. 모두가 인정하는 거물이나 유명인, 명사가 못 되면 또 어때. 상관없다. 여러 꽃 속에 조용히 피어난 꽃, 자기의 진정한 색깔을 드러낼 줄 아는 꽃이면 된다. 진정한 자아를 찾으려는 추진력과 욕망이면 충분하다. 그리고 진정한 자아가 되는 거다. 물론 말보다 실천이 어렵지만, 간절히 원하는 사람에게 하나는 장담할 수 있다. 한번 해볼 만한 가치가 있다고.

타인을 위해 나를 바꿀 수는 없고
나를 위해 타인을 바꿀 수도 없다

---

you can't change for somebody
and you can't change somebody for you

새로운 공기

중력을 놓아버리고
중심을 향해 위로
떠오르는 너를 느껴봐
그토록 간절히 꿈꿨던
평형
독소를 내뱉고
폐부를 채워봐
과거를 지워봐
넌 여기 있어
드디어 해낸 거야
오래 의심했으니
강해진 너를
성장한 너를
변화한 너를
깊어진 너를
맘껏 자랑해
너도 몰랐던 너를
오호 그것 참
그 잠재력
네 피부에서 반짝이는 그것
찬란한 광선으로
네가 내뿜는 그것
너무나 눈부셔
고개를 돌릴 수도 없는
태양

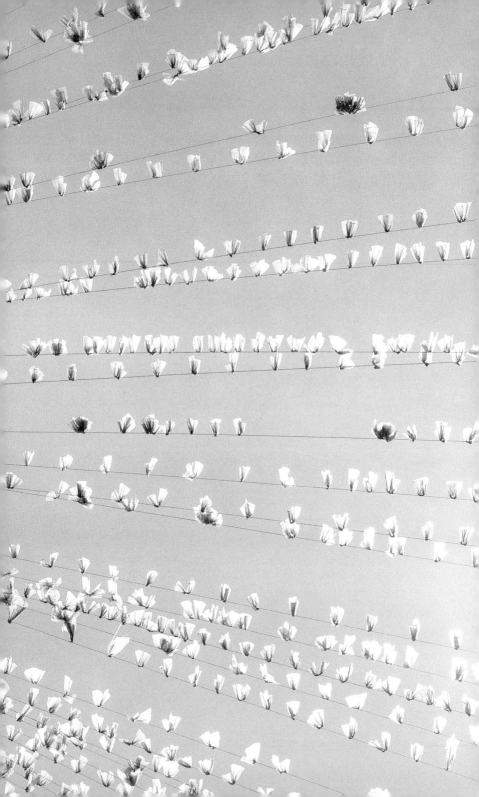

옛 친구

오늘은
모처럼
오랜만에
그 말을 해버렸지
가슴이 느낀
진심이 담긴
마음에서 우러난
그 말을
거의 까맣게
잊고 있었던
감정을 느낀다는 건
참 이상한 일이야
이 배는
강물 위를 떠가는 보트처럼
네 영역을 배회하나 봐

아무리 휘적휘적 나아가도
익숙하고 차분한
옛 친구의 목소리
널 보니 좋네
꼭 여기 있어
그간 못 한 것들 해야잖아
너랑
나랑
다시 둘이
다만 지난번보단
그 시간이 길었으면 해

시간이 생기면 넌 후회할지 몰라도
시간이 생겨도 난 잊지 않을 거야

---

give you time and you may regret

give me time but i won't forget

낭비하지 마요

왜 우리는 자기 나이에 만족하지 못할까? 아이들은 어른이 되고 싶어 하고, 어른들은 어려지고 싶어 한다. 10대 시절에는 아이 취급 좀 그만했으면 싶고 진지하게 대우받고 싶어 한다. 더 나이 든 세대는 근심 걱정 없는 청춘으로 돌아갈 수 있다면, 버거운 책임과 의무에서 벗어날 수 있다면 뭐라도 내줄 태세다. 젊음이 빨리 흐르기만을 바라다가 어른의 삶이 얼마나 고된지 깨닫고 나면 다시 젊음을 갈망한다. 우리가 이렇다. 가질 수 없는 걸 바라면서 현재에 완전히 만족하지 못하고 끊임없이 갈팡질팡한다.

안타깝게도 나이는 누구도 바꿀 수 없다. 옷차림이나 머리모양, 무엇을 말할지는 바꿀 수 있지만 그런다고 해서 출생증명서에 적힌 숫자가 바뀌지는 않는다. 그러니 나이를 먹고 싶은 사람은 남들처럼 오래 기다려야 할 것이다. 반면 더 젊어지기를 바라는 사람은, 뭐, 그만 기대를 접는 게 좋겠다. 그런 일은 없으니까. 팽개칠 수 없는 짐을 짊어진 셈이니 가진 것을 최대한 활용하는 편이 최선일 것이다.

요전 날 나는 30대로 보이는 한 여성과 업무 미팅 겸 함께 점심을 먹었다. 한창 이야기를 나누다가 그녀가 눈을 동그랗게 뜨며 말했다. "어쩜 그렇게 나이 든 현자 같아요? 원래 그래요?" 당시 나는 계시인지 일찍 찾아온 '오춘기의 위기'인지 뭔지를 겪고 있었다('위기'에 방점이 찍힌 두 가지의 조합에 가깝다). *잠깐만. 뭐라고? 내가? 나이 들었다고? 이 여자 방금 '나이 들었다'고 한 거야? '나이 든 현자' 같다는 말을 들어도 괜찮은 걸까? 언제 이렇게 됐지? 늙고 싶지는 않은데. 난 아직 젊고, 계속 이대로이고 싶다고.*

그래서 "뭐, 알다시피, 원래 그래요……"라고 대충 대꾸하고 말았는데, 그런다고 새로운 불안이 사라지지는 않았다. 그래서 얼른 날씨와 뉴스 따위의 시시껄렁한 이야기로 화제를 돌렸다. 그 말도, 그 여자도 그냥 흘려보냈다. 아, 내가 또 호들갑을 떨었나 보다 하고. 왜인지는 모르겠다. 그런 말은 이미 여러 사람한테 여러 번 들어봤고 그 때문에 기분이 상했던 적도 없었다. 그날 점심을 같이 먹은 여자도 좋은 뜻으로 특별한 반응을 기대하지 않고 말했겠지만 그 말은 내 마음을 건드리고 생각하게 만들었다.

되짚어보면 나는 늘 어른이 되고 싶었다. 어른이 되어 독립성과 책임감이 생겼으면 했고 내 인생을 완전히 자유롭게 지휘하고 싶었다. 내 인생이잖은가? 초등학교 이후로는 숙제할 때 도움을 청하지도 않았다. 내 힘으로 해결하고 싶어 했다. 열세 살 때 처음 일을 하면서부터는 부모님에게 돈을 받지 않았다(그전까지는 동전 한 푼도 넙죽 받았으면서……. 고마워요, 아빠!). 내 힘으로 돈을 벌어 내 물건을 사고 싶었다. 그래야 진정으로 내 것이 되니까.

이후에는 내 삶의 주인이 되는 것을 최종 목표로 삼고 한 인간으로서 완전히 독립하기 위해 나 자신을 최대한 채찍질했다. 누구나 결국은 독립해야 하는 법이니 시작해야 하지 않겠는가. 더 나은 앞날이 저 앞

청소년기라는 터널의 끝에 놓여 있다고 확신했고, 최대한 빠르게 차를 몰아 목적지를 향해 달려갈 생각이었다(도로교통법은 준수하면서. 안전벨트 꼭 매요, 어린이 여러분).

현재로 빨리 감기

현재 나는 스물네 살이고, 여기 와 있다. 오랫동안 되고 싶었던 어른이 되는 데 성공했다. 세금, 장보기, 청구서, 배심원 의무, 끝없는 빨랫감 더미의 땅. 하지만 돌이켜보면 종종 이런 의문이 든다. 혹시 내가 젊음을 허비하고 소홀히 한 건 아닐까? 다시 오지 않을 시절을 흘려보낸 건 아닐까? 정말이지 무섭다. 이 문장을 쓰는 순간 소름이 오소소 돋는다. 한편으로 재밌기도 하다. 어른이 된다는 게 잘 실감나지 않는다. 음, 쉽게 설명할 방법이 없을까. 어렵겠지?

이제 나에 관한 결정은 내 스스로 내리고 있지만, 재미가 하나도 없다. 재미 말고는 더 적확한 말을 모르겠다. 재미는커녕 아주 죽을 맛이다. 이건 스트레스의 원흉이다. 인생은 생각대로 흘러가지 않는다(어른이라면 이 대목에서 고개를 끄덕이겠지). 스물한 살이든 쉰일곱 살이든 나이를 먹는다고 해서 삶이 쉬워지지는 않는다. 속이 부글부글 끓다가 가라앉기를 되풀이한다. 하고 싶은 말이 뭐냐면, 굳이 어른이 되겠다고 젊음을 흘려보내지 말자는 것이다. 천진함, 순진무구, 행복한 무지, 그리고 젊을 때는 모르던 책임과 의무에서 해방될 날을 열망할 시간이 분명 올 테니까.

젊은 시절에는 당연히 실수를 한다. 어찌 보면 망치는 게 의무인 듯도 하다. 만족할 수가 있을까? 실패하기가 십상인데. 실패는 옳고 그름을 가르쳐주고, 앞날을 위한 '바른' 길을 길잡이처럼 알려주기도 한다.

성인기를 탄탄히 대비하려면 10대 시절에 한 번 이상 엉덩방아를 찧어야 한다(나는 몸치라 매일 넘어졌다). 그렇게 청소년기의 어려움을 견뎌내며 자신을 단련해야 한 인간으로서 세상을 살아가야 한다는 험난한 현실에 대비할 수 있다. 게다가 어릴 때는 대부분 옷부터 음식, 놀거리, 집세, 난방, 냉방, 남은 감자 칩 봉지를 여밀 집게까지 모든 걸 공짜로 누리지 않나. 알다시피 집게 하나에도 돈이 든다. 모든 것에 돈이 들고, 돈을 벌려면 시간이 걸린다. 아주 많은 시간이 든다.

젊은 시절에는 이 사실을 깨닫지 못한다. 아직은 알 만한 때가 아니니까. 그저 일주일에 닷새, 하루 여덟 시간 일터로 가서, 세상이 얼마나 복잡한지를 배우면 된다. 이 얼마나 멋진지. 나라면 받아들이겠다! 세상이 준비해둔 것을 할 것이다! 내게 임무를 주소서! 일정 기간 학교에 다니면서 성장할 기회는 누구에게나 주어진다는 걸 뒤늦게나마 깨닫고 감탄하면서 하는 말이다. 아직 진가가 드러나지 않았다는 것은 특권이다. 어렸을 때 이 사실을 받아들였더라면 좋았겠지만, 인생이 원래 이런 건가 싶기도 하다.

물론 나는 법적 성인이다. 독립해서 살고 직업이 있으며 청구서대로 요금을 제때 내고 세금도 낸다. 일을 한다! 하지만 나를 어느 한쪽으로 규정하고 싶지는 않다. 더 이상 아이는 아니지만 어른인 것 같지도 않다. 그리고 그 점이 마음에 든다. 인생의 두 단계에 양다리를 걸친 채 이런 깨달음을 얻다니 운이 좋다. 사실 오래오래 이렇게 살고 싶다. 중간지대에서 영원히 즐거운 젊음을 누리는 것이다.

'나이 들었다'는 이야기를 듣고 겁먹을 필요가 없었다. 그건 칭찬이니까. 그 여자는 나한테서 어린애의 모습을 보면서도 내 말을 동등한 어른의 말로 귀담아들었다. 특별하고 드문 일이다. 나는 카멜레온처럼 변하면서 각양각색의 집단을 섭렵하고 어떤 환경에서든 적응하려고 노력해왔다. 언젠가는 어른의 단계에 완전히 정착해 만족할지도 모른다. 그때까지는 지금처럼 애어른의 모습으로 현 단계에서 매일매일 행복하게 이 여정을 즐기고 싶다.

2월의 순수

예전과
같진 않아
앞으로
내가 뭐가 되든
중요한 건
과정이야

당장 가질래

예언 하나 해볼까. 현세대의 존속을 위협하는 독이 즉시 퍼져나가 계속해서 모든 것에 영향을 미칠 것이다. 그 이유는 딱 2분이면 설명할 수 있다.

블랙 아이드 피스의 노랫말을 인용하자면, 우리는 '나우 제너레이션' 이다. 뭐든 빨리, 당장 원한다. 미뤄지거나 멈추는 것은 용납하지 않는다. 항상 추월 차선으로 달리다 보니 필요하거나 바라는 건 뭐든 클릭한 번으로 당장 눈앞에 대령해야 한다. 음식, 전자기기, 교통편, 길 찾기, 심부름, 리서치, 세탁, 연애, 섹스, 마약, 술 등 뭐든. 기다릴 필요도 인내심을 기를 필요도 없다. 원하는 게 있다고? 가지면 된다! 쉽다!

세상이 우리 손 위에 놓여 있다니 기적과도 같다. 이게 기적이 아니면 뭘까? 하지만 그 대가는 어떨까. 기술의 발전은 경이롭고, 여러모로 우리의 삶을 더 윤택하게 만들지만, 끊임없는 연결과 상시 온라인 상태, 앱에 의지하는 세태 때문에 자칫 우리가 특권의식에 젖은, 게으른 디바 세대가 되지 않을까 걱정스럽다. 모든 것이 개인적이고 즉각적인 욕구를 채우기 위해서 맞춰져 있다. 그것도 빛의 속도로 말이다. 그렇지 못하면 죄다 삼류가 되고 만다. 이제는 손가락을 튕겨 사람을 부르지 않아도 화면 위 버튼을 클릭하면 세상 어디로든 갈 수 있다.

데이트의 세계만큼 당장 갖고 싶다는 기대감을 적나라하게 드러내는 곳도 없다. 정확히는 온라인 데이트. 순전히 외모에 달린 스와이프 한 번이면 즉석 만남의 세상으로 성큼 들어설 수 있다. 말하자면 스와이프가 '짝'을 데려오는 셈이다. 외롭다고? 스와이프! 누가 또 일행을 구하는지 보자. 몸이 근질근질하다고? 위치 서비스를 켜고 근처에 몸이 근질거리는 사람이 있는지 알아보면 된다. 사랑을 찾고 있는가? 온라인에 접속하면 똑같이 로맨틱한 꿈을 꾸는 수많은 사람을 지금 당장 만날 수 있다! **지금 움직여라**(내가 데이트 앱에 시니컬하다는 게 티 나는지? '시니컬'하다기보단 '정통파'가 맞겠지만 핵심은 전달됐으리라)!

즉각적인 충족을 바라는 게 나쁘다는 뜻은 아니다. 그저 거기에 너무 젖어 있는 세태가 두려울 뿐이다. 사람 대 사람의 만남에 대한 감성을 잃고 싶지 않은데, 다만 지금의 속도가 너무 빠르다.

바 맞은편에 앉은 두 사람의 시선이 얽힌다거나, 길거리에서 부딪쳐 말을 섞다가 눈에서 말 그대로 불꽃이 튀는 유기농 전성시대는 가버렸다. 뭐, 그런 우연한 만남이 완전히 말라 죽지는 않았을 것이다. 여전히 일어나고 있으니까(나의 로맨틱한 영혼은 아직 가능하다고 주장한다). 하지만 일반적인 추세가 온라인 연결로 흐르는 것 같아서 아직도 이런 일이 가능할지 의문이다. 우리가 이토록…… 게으른데.

휴대폰으로 메시지를 주고받으며 즉석 만남을 할 수 있는데, 굳이 왜 힘들게 언어나 몸의 상호작용이 끌어내는 화학반응을 추구하겠는가? 나는 낯선 사람은 물론이고 가장 친한 친구들의 메시지도 이해하려면 한참이 걸린다. 대체 "하"가 무슨 뜻인지 어떻게 알까? 그냥 웃는 건지, 아니면 반어적으로 비웃는 건지 어떻게 안담? 좀 도와줘요.

　이런 애인 후보와의 즉석 만남이 무슨 의미가 있을지, 과연 우리에게 도움이 될지 잘 모르겠다. 순전히 외모만 보고 상대를 고르고 결정하는 즉석 만남이 일상화된 시대다. 섹스파트너가 손에 꼽히면 이상한 세상이 되어버렸다. 문란하다고 손가락질하려는 게 아니다. 여러 사람과 잠자리를 하고 싶은 사람은 하면 된다. 문제는 그런 길밖에 없는 듯한 분위기가 만들어지고 있다는 건데, 나는 선택지가 다양했으면 좋겠다. 느낌, 감정, 친밀감, 진심이 없는 즉석 만남에서는 유대감이 생기지 않는다. 나는 대화와 이야기와 개인의 개성을 잘 이끌어내는데, 그것이 충족되지 않으면 끌림으로 잘 이어지지 않는다. 우리는 화려한 빈껍데기가 될 위험에 처해 있다. 대체 어떤 느낌을 찾느라고 이러는 걸까? 다시 연결되었다는 느낌?

　솔직히 말해서, 데이트 앱이든 그냥 앱이든 앱 전성시대에서 가장 애석한 점은, 그것이 우리의 태도나 타인을 대하는 방식과 체제 전반에 깊숙이 침투되어 있다는 점이다. "**지금 당장** 내게 필요한 걸 당신이 원하지 않는다면, 이 순간 내가 원하는 걸 당신이 갖고 있지 않다면, 다른 데서 찾으면 돼. 간단하잖아. 나는 당신이 필요 없어. 내게 줄 게 없다면 왜 아직 여기 있는 거지?" 하는 태도 말이다.

　야멸차게 들린다고? 차갑고 비인간적이라고? 나는 그저 현대의 '데이트'가 어떻게 변질되었는지 말하려는 것뿐이다. 어쩌면. 적어도 친구들과 구독자들한테서 이런 면을 분명히 목격하고 있고 그래서 두렵다.

　항상 연결되어 있는 첨단 기술 세상이 이룬 발전이란 게 결국, 오프라인이 없는 삶에 얽매여 사람과 사람 사이는 갈수록 멀어지고, 빠른 해결책만 찾게 되고, 반드시 가지고 말겠다는 욕망 때문에 비인간적으

로 변해가는 것이라니, 이 얼마나 아이러니한지. 이제 나는 휴대폰을 내려놓지도 못한다. 몇 분마다 긁지 않으면 미칠 듯한 가려움증처럼. 앱을 확인하랴 메일에 답장하랴 증상은 갈수록 나빠진다. 내 휴대폰은 절대 꺼지는 법이 없다. 나는 24시간 대기 중이다. 강박적으로 픽셀 화면을 들여다보면서.

게다가 얼마나 많은 사람이 다른 사람과 같이 있는 동안 휴대폰을 들여다보는지 모른다(엎친 데 덮친 격이지). 우리의 기계는 장벽이 되어가고 있다. 사람들이 서로 알아갈 때 처음으로 부딪히는 장벽이자, 연인들한테서 마냥 좋아야 할 시간을 빼앗는 장벽.

지금 이 말이 듣기 거북하거나, 나에 대한 호감을 팽개치면서까지 격렬하게 반대하고 싶은 사람도 있을 것이다. 그래도 할 수 없다. 어쩌면 이 불평불만은 순전히 이 글을 쓰는 시점에, 정확히는 방금 드라마 「미스터 로봇」을 몰아서 봤기 때문일 수도 있다. 그걸 보고 나니까 미치광이처럼 끝없이 불평을 늘어놓고 싶다. 그냥 투덜거리는 거니까 날 찾아오고들 그러면 안 된다. 싸우자는 게 아니다.

어차피 이런 모습을 날마다 목격하다 보니 불평하지 않을 수가 없다. 언제든 접속할 수 있는 세상을 새로운 기준으로 여기면서 정작 그 속에서 '길을 잃는' 수많은 사람들. 그저 바라볼 뿐 다른 도리가 없다. 해답도 해결책도 없다. 이 흐름이 어디로 향할지 모르지만, 우리가 깨어 있기를 바란다. 경각심을 지니기를 바란다. 원하는 게 뭐든 그리로 달려가는 와중에도 서로의 모습을 놓쳐서는 안 된다는 걸 기억하기를 바란다. 아무리 편리하다 해도 편리함이 반드시 옳지만은 않다. 그 사실을 명심한 채 세상 속에서 길을 잃지 않도록 조심하기를.

잘 들어봐

빈껍데기 인연
무의미한 관계보다
더 좋은 게 뭐겠어
너무 쉬워
전부 다야

이
세상에서
딱
하나
　　　　　　공평
한
　　건
세상이
너무나
불공평
하다
　는
　것

내

눈이

누운

네

눈에

가서

닿았다

되고 싶은 내가 바로 나 자신이다

누가 뭐라든 우리는 어떤 경우에도 자기 자신을 설득할 수 있다. 말 그대로 뭐든 가능하다. 하지만 과연 이 사실을 긍정적인 방향으로 써먹는 사람이 있을까.

무슨 소리냐 하면, 내가 못생겼다고 생각하면 못생긴 사람이 된다는 소리다. 내가 멍청하다고 생각하면 정말 멍청한 사람이 된다. 예는 수 없이 많다. 부정적인 면을 내세울수록 그게 현실이 되고 진실로 굳는다. 다행인 것은 이 원리가 긍정적인 면과 부정적인 면 모두에 해당된다는 것이다. 동전을 뒤집어서 나는 자신감이 넘친다고 생각하면, 웬걸, 정말 자신감이 생긴다. 내가 재미있는 사람이라고 생각하면 파티를 주름잡는 주인공이 된다. 관건은 자기를 어떻게 인식하느냐다.

나는 이 긍정과 부정의 시소게임을 나 자신한테서 찾아내고 써먹으려고 노력해왔다. 원래부터 자신만만하고 대담하게 생겨먹은, 재미있는 사람이 아니냐고? 에이, 천만에. 전혀. 나는 불과 몇 년 전부터 그런 자질이 뛰어난 사람들과 어울리기 시작했는데, 그제야 진정으로 원하면 그들에게 있는 자질을 나도 가질 수 있다는 사실을 알게 되었다. 나는 자라면서 내가 매력 넘치는 인간이라고 생각한 적이 단 한 번도 없다. 내 농담이 세상에서 제일 웃기다고 생각한 적도, 내 머리가 또래들

만큼 좋다고 생각한 적도 없다. 자질이 아예 없다고 생각하지는 않았지만 다른 아이들이 더 뛰어나다는 잘못된 믿음을 가지고 있었다. 무엇이 반전의 스위치를 켰는지는 모르겠으나 스위치는 켜졌고, 나는 무엇이든 할 수 있고 원하면 누구든 될 수 있다는 확신을 얻었다.

얼마 전부터는 나 자신을 격려하는 속엣말에 얼마나 좋은 힘이 있는지 실감하고 있다. 친구들과 만날 때 옷을 멋지게 차려입으면 자신감이 생긴다. 무대 의상을 입은 듯 완전히 새로운 사람이 된다. 집을 나서기 직전에 거울 속 내 옷차림을 보고 내가 즐기기만 하면 겉모습만큼은 전혀 꿀리지 않으리라는 확신을 얻는다.

자신감은 누구나 걸칠 수 있는 옷과 같다. 한번 믿어보기를. 자신감은 배울 수 있고 시간이 흐르면서 터득할 수 있다. 자신감 넘치는 사람들이 처음부터 자신감을 지니고 태어난 건 아니다. 자신감도 다른 재주처럼 얼마든지 요령을 익힐 수 있다. 그러므로 남에게 자신감 넘치는 사람으로 보이고 싶다면 먼저 스스로 정말 그렇다고 믿어야 한다. 연기와 비슷하다. 일종의 '될 때까지 그런 척하기'랄까. 나는 삶의 많은 부분에서 이 방법을 실천해왔다.

춤을 잘 못 춘다고? 최선을 다한다면, 한껏 즐기는 모습을 보여준다면 당신이 박자를 제대로 맞추는지 어쩐지 사람들은 신경 쓰지도 않고 알아채지도 못한다. 대화가 지루하게 겉돌기만 한다고? 최신 뉴스나 다큐멘터리, 정치 이슈를 꺼내보자. 대화를 즐기면서 주고받을 수 있다면 당신은 지적인 사람으로 통하게 될 것이다. 당신이 그렇게 믿든 아니든 상관없이.

당연히 이 모든 것이 버거울 테지만 변화하려면 시간이 필요하다.

누구도 하루아침에 자신을 바꿀 수는 없다. 하지만 언젠가는 더 이상 연기한다고 느껴지지 않는 경지에 이를 것이다. 우리가 발전시키고 싶어 하는 특징 역시 근육처럼 공을 들일수록 단단해진다. 자신의 어떤 점을 믿을수록 생각도 그 믿음에 따라 재구성된다. 긍정적인 면을 비춘다면 부정적인 면은 우리를 건드릴 수 없다.

손이 묶인 딜러와 게임을 하는 사람은 없다. 카드는 다시 섞이고 누구나 다시 카드를 받는다. 누구도 당신에게 어떤 사람이 되라고 명령할 수 없다. 각자 자신이 원하는 사람이 되어야 한다. 단순히 말하자면 당신이 되고 싶은 사람, 그것이 바로 당신이다. 그걸 생각하고, 그걸 소유하고, 그것이 되자.

당신은 할 수 있다. 당신을 위해서.

믿길 때까지 반복해

정말 해볼 만해
절대 잊지 마
그 남자로 인해 변하지 마
그들에게 상처받지도 마
해도 소용없다는 네 말에
설득당해서도 안 돼
정말 해볼 만해

5년 뒤의 계획

사람들은 늘 현재를 못 본 체하면서 미래는 궁금해한다. 가장 많이 받는 질문 중 하나가 "5년 뒤에 어디에 있을 것 같아요?"이다. 머리 터지게 고민해봤지만 불과 1년 뒤에 무얼 하고 싶은지도 대답할 수 없었다. 오늘 저녁에 무얼 먹을지도 모르는 판에 2025년에 무얼 할지 어떻게 알겠어.

내 생각엔 이런 질문이야말로 어린 세대에게 지껄이는 세상 쓸데없는 소리다. 반론의 여지는 있지만 대개 열여섯 살에서 스물여섯 살 사이는 인생에서 가장 중요한 시기다. 경험이 폭격처럼 쏟아지고 변화의 기운이 따귀를 때리듯 사방에서 몰아친다. 열아홉 살 때로 돌아가서 그때의 시선으로 보면 지금의 나는 상상도 못 할 모습이겠지만, 나는 지금 여기 앉아 이렇게 살아가고 있다. 청소년기에서 성인기로 넘어가는 시기는 '의외를 기대하는' 시기로 불려야 한다. 그리고 우리의 모든 이상, 희망, 계획, 기대는 주의 깊게 다뤄져야 한다. 나는 무르익은(과일에 비유하자면) 스물넷이 되어서야 내가 변화의 열기 속에 둘러싸여 있었다는 사실을 받아들이게 되었다.

이 나이에는 뭐든 가능하다, 뭐든. 그런데 왜, 대체 왜, 내가 5년 뒤에 어떤 모습을 하고 있을지 가늠해야 할까? 왜 미래를 어떤 틀에 욱여넣고 내 잠재력을 얼룩지게 하면서까지 가능성을 제한하고, 미지의 세계 속 내 한계를 설정해야 하난 말이다. 내 현실은 타인이 미래를 궁금해한다고 해서 그 요구나 판타지에 맞출 수 있는 게 아니다.

알다시피 비교적 나이 든 세대, 즉 안정과 안전을 추구하며 확고한 계획이 없는 우리 같은 사람들을 좋아하지 않는 세대가 주로 이런 질문을 한다. 나의 경우에는 "어머, 그 허깨비 같은 인터넷 취미 활동이 끝나면 뭐 할 거예요?"라는 식의 거들먹거리는 질문을 허다하게 받는다. 사람들이 이처럼 당돌한 질문을 할 때면 눈알을 또르르 굴리고는 되묻지 않을 수 없다. "그러는 당신은 5년 뒤에 무얼 할 건데요? 천천히 생각해보세요, 기다려드릴게요."

결국 그들은 웃음을 터뜨린다. 나나 다른 사람처럼 그들 역시 미래를 알 턱이 없으니 웃을 수밖에. 별수 없다. 그러고는 나와 똑같은 말로 대꾸한다. "잘 모르겠네요." 우리는 나이를 먹어감에 따라 많은 것에서 자유로워지겠지만 여전히 불확실성 때문에 불안해할 것이다. 우리의 이성은 확실함을 추구하지만 영혼은 모호함 속을 방랑하고 싶어 한다. 미래는 몰라도 괜찮다. 무얼 하고 싶은지 몰라도 상관없다. 남의 생각을 좇다가 함정에 빠지지만 않는다면.

인생의 궤도는 갑자기 들어오는 제안, 기회, 돌파구, 영감에 의해 언제든 바뀔 수 있다. 그 가능성이 열려 있다는 사실이 인생의 본질이다.

5년 뒤의 계획? 아이고, 배꼽이야. 생각할수록 웃음이 터진다. 큭큭? 낄낄? 낄낄. 아, 그래, 바로 이거다.

이런 생각을 해본다(대답이라 봐도 무방하다). 5년 뒤의 나는 성공한, 행복한, 건강한 나였으면 좋겠다고. 50년 뒤에도 그랬으면 좋겠다. 바닷가 대저택에서 슈퍼모델 남자 친구랑 함께 사는 백만장자의 삶도 좋고, 도시의 소박한 공동주택에서 직장인 남편과 아이들과 함께 살아가는 삶도 좋다. 아무래도 좋다. '성공'과 '행복'과 '건강' 칸에 그렇다고 표시할 수만 있다면, 무슨 일을 하든 세상 어디에 있든 괜찮다.

미래의 모습을 알아야 한다는 신념에 속지 않기를. 모두들 세뇌를 당했는지 그걸 알고 있다고, 혹은 반드시 알아야 한다고 생각한다. 그냥 앞으로 나아가기만 해도 괜찮다. 적어도 나는 끊임없이 그렇게 되뇌고 있다. 그러니 다음번에 누군가 5년 뒤의 계획이 뭐냐고 묻거든 어깨를 으쓱거리고는 인정하시라. "모르겠어요. 인생이 날 어디로 데려갈지 나도 궁금하네요."

짓기와 다시 짓기

완성품으로 태어났으나
다시 지어져야 한다
비틀고 돌리는 손길에
해체되고
다시 지어진다
내 나라 뒤편에
그 산등성이에
공들여 자리를 잡는다
변ᄒᆡ이 이기를 브톄우꺼
나를 다그쳐
최대한 늘어난다
공처럼 돌돌 말린다
제때에 부서진다
뒤에서 진득이 기다린다
나로 태어났다는 건
진짜 거짓말
내가 되어야 한다는 게
진짜 진실이다

사랑은 이기적이고 나는 탐욕스럽다

---

love is selfish and i am greedy

LOVE IS RIGHT
NO MATTER
HOW MANY TIMES
IT WRONGS YOU

키스

온기에 이끌려
느릿느릿
강물 위 뗏목처럼
흘러간다
격자무늬 내 마음을
통과하고
빌십부늬
수영장 같은
내 몸을 지난다
내 떨림을 만져주오
스위치를 올려주오

주말

PM 3시 52분

주말을
안에 들인다
하얀 이불
맨발
영화와 따뜻한 음료
팔짱을 낀 산책
달큼한 안개 냄새와
시큼한 레몬 맛의 일요일
참 묘하지
분명 밖으로 내보냈는데
한 시간 만에
달콤쌉싸름한 것들이
돌아왔다

불빛을 보면

저 아래 보이는 불빛들
저기들 있네
저기들 가네
희망의 빛줄기들
어둠에서 온 자유
질주하는 아드레날린을 따라
꿈틀대는 도시를 떠난다
숨 쉬는 도시를 보며
그 에니지를 나눠 깃는다
바퀴가 바닥을 때린다
그냥 그렇게
여기는 처음 온 어딘가
섬 공기 냄새를 맡는다
나는 여기 있다

현실과 닿아 있되
항상 판타지에 뛰어들라

—————————

be in touch with reality but always allow yourself
to fall into fantasy

아무래도 피할 수 없는 클리셰

저명한 정신의학자 칼 융이 이렇게 말했다. "인생의 특권은 진정한 내가 될 수 있다는 것이다." 잠깐 생각해보자. 자기 검열도 연극도 뺀 당신, 남들이 뭐라 하든 알 바 아닌 진짜배기 당신을.

스스로에게 물어보자. 진짜 '나 자신'은 누구인지. 무엇이 당신을 당신답게 만드는지. 당신을 세 가지 말로 설명한다면 무엇일까? 자, 한번 해보자! 그냥 읽지만 말고 잠깐 멈추고 생각해보자. 기다려줄 테니까. 장난기를 거두고 곰곰이 생각해보자. 진짜 '당신'은 누구냐고 '자신'에게 물어보는 것이다. 당신은 당신 자신에 대해 무얼 알고 있는지. 쉽지 않은가?

대개 이 질문의 대답을 주변 사람이나 가장 친하고 아끼는 사람한테서 구하곤 하지만, 진정한 자기 자신은 남에게 잘 보이거나 사랑받으려고 애쓰지 않을 때 비로소 보이는 법이다. 그러니 가슴이 만족할 때까지 자기 자신을 철저히 해부해보자. 나는 똑똑한가? 사려 깊은가? 강인한가? 장난스러운가? 같이 어울리면 재밌는 사람인가? 심성이 착한가? 숫기가 없는 편인가, 아니면 자신만만한가? 무덤덤한가, 아니면 예민하고 쉽게 상처받는 편인가? 주목받고 싶어 하는가, 아니면 다른 사람이 이야기하도록 두는 게 편한가? 차분한가, 아니면 보통 초조한가? (이런 질문은 학생 때 자주 하다가 나중에는 별로 중요하게 여기지 않는다.)

자, 이제, 당신을 설명할 세 가지 말은 무얼까? 나도 한번 해보겠다. 음, 음, 음······.

추진력. 통찰력. '아이고, 배꼽이야'.

이상한 조합이긴 한데 정확하다. 보다시피 어렵지 않다! (내가 이 표현을 여기에 쓰기까지 얼마나 오랜 시간이 걸렸는지 여러분은 모를 거다, 하하하.)

자, 이제 세 가지 말을 골랐다면····· 일단 접어두자. 일단 한쪽으로 밀어놓고 다른 사람의 시선으로 자기 자신을 바라보자. 친구들은 당신을 어떻게 바라보는가? 낯선 사람들은 당신을 어떻게 생각하는가? 가장 가깝고 가장 친한 사람은 당신을 어떻게 표현하는가? (조금 떨리죠? 나도 그래요!) 친구나 친척, 혹은 낯선 이가 비춰주는 거울 속 모습이 당신의 진면모일 때가 종종 있다.

요즘 나는 자아 인식Self-Perception에 대해 자주 생각하는데, 이것은 현실 대 환상, 자기기만의 문제가 아닐까 싶다. 누구나 자기가 누군지에 대한 믿음, 자신을 설명하는 레퍼토리 하나쯤은 가지고 있다. 하지만 진짜 해답은 어떻게 찾는 걸까? 유감스럽게도 사람들에게 물으면 상대가 듣고 싶어 하는 말만 해주곤 한다. 듣기 좋은 말과 칭찬으로 일관하지만 솔직하다는 보장은 없다. 사람들은 그러지 말라고 해도 굳이 지나치게 예의를 차린다. 같은 이유로 나도 상대에게 치아에 음식물이 끼었다고 말해줘야 할지 말지 고민한다. 딱 맞는 예시인지는 모르겠지만, 핵심은 전달됐으리라. 간혹 예의를 차리다가 솔직해지지 못하곤 한다. 이게 세상의 이치인 것 같기도 하다. 상대가 불편해하는 말, 민망하고 뼈아픈 진실을 말하고 싶어 할 사람은 없다. 변태라면 그런 진실을 콕콕 꼬집기를 즐길지도 모르지만! (분명 세상 어딘가의 누군가는 이 대목에서 이렇게 생각할 것이다. 푸하하, 나 그런 거 무지 좋아하는데! 그런 사람은 그만 이 책을 내려놓으라고, 이 변태 양반아! 당신의 그 소시지 같은 사악한 손가락이 이 우아한 페이지에 닿지 않았으면 하니까.)

그만 본론으로 돌아와서, 진지하게 이야기해보겠다.

흥미로운 주제가 아닐 수 없다. 우리는 몇 살에 자기 자신을 알게 될까? 스물? 서른? 쉰? **설마 평생?** 정답이 하나는 아니다. 인생이 다 그렇듯 어떤 이는 남보다 빨리 깨닫는다. 20대 중반에 모든 걸 깨닫는 사람이 있는가 하면, 나이 들어서야 자기 성찰을 하는 사람도 있다. 알다시피 모든 걸 통달한 양 인생의 정답지를 가지고 사는 듯한 사람도 있다. 나는 그런 사람이 싫다(나도 그러고 싶다). 인생의 비밀이 밝혀지는 공식적인 나이나 시기가 정해져 있다면 얼마나 좋을까. 그렇다면 모두들 그 시점을 미리 알고 평생 행복하게 살아갈 텐데!

나는 칼 융이 말한 특권, 즉 나 자신에 대한 진정한 이해를 좇고 있다. 날마다 내가 어떤 사람인지 배우고 있다. 끊임없이 탐구하며, 금맥을 발견하리라는 기대감을 버리질 못한다. 특히, 일생일대의 난해한 질문이나 상황에 부딪힐 때면 더욱 그렇다. 말하자면 모든 게 흐릿하고 불투명한 상황에서 바닥에 떨어진 귀걸이를 찾으려고 돋보기안경을 쓰는 셈이랄까. 더 열심히 들여다보고 오래 탐구하다 보면 시야가 맑아지는 듯하다가, 어느새 짠 하고 아주 선명한 4K HDR 초고화질 화면이 눈앞에 펼쳐진다(최근에 텔레비전을 샀기에 망정이지 아니면 4K HDR이 뭔지 알게 뭐람). 내가 누구인지, 무엇이 나를 움직이는지,

내 가장 큰 관심사가 뭔지 또렷이 드러난다. 다만 그러려면 나의 내면을 들여다봐야 한다. 지금의 나를 5년 전의 나와 비교해보면, 다른 관심사와 다른 목표, 다른 야망, 다른 개성을 지닌 다른 사람이 보인다. 나는 성장했다. 이보다 만족스러울 수 있을까. 내가 되고 싶었던 사람으로 서서히 탈바꿈해왔고, 앞으로도 계속 성장하고 변화하고 진화하리라고 생각하니 무척이나 설렌다! 5년 만에 이렇게나 발전했다면 10년 뒤에는 얼마나 멋지게 살고 있을까? 이것은 내게도, 여러분에게도, 모두 희망적이다. 머지않은 미래의 어느 날 거울을 들여다보았을 때, 우리의 진정한 모습, 우리가 알고 있는, 항상 무언가가 될 수 있는 사람, 무엇보다 만족스럽고 자랑스러운 사람이 눈앞에 있을 것이다.

친애하는 미래의 나에게

네가 언제 어디에 있는지 모르지만, 안녕. 네가 언제 이 글을 읽게 될지는 몰라도 최소한 5년 안에는 읽지 못하리라 생각해. 아니, 아니, 적어도 10년은 걸리겠지. 그래, 그 정도는 지나야 삶이 지금과는 꽤나 달라질 거야. 지금 내 손에 미래를 내다보는 수정 구슬은 없지만, 미래는 새로운 장소와 아마도 새로운 직업, 새로운 야망으로 이뤄져 있겠지. 반려동물도 있을 것 같고, 남편이랑 아이들도 있을지 몰라. 적어도 시간은 변화를 가져올 테니, 내가 못 알아볼 만큼 달라져 있을 테지. 생각만 해도 속이 울렁거리네(좋다는 얘기야, 진짜로).

지금 나는 과장하거나 제멋대로 굴지 않도록 조심하면서 2017년에 이 글을 쓰고 있어. 그러니까 너도 지금 2017년에 와 있는 거야. 로스앤젤레스에 살고 있고, 하나도 둘도 아니고 자그마치 셋이나 되는 회사에서 사장으로 일하고 있지. 기억날지 모르겠지만 어젯밤 넌 장내에 가득한 사람들에게 7분 동안 연설을 했어. 성소수자 자선 단체인 GLSEN*이 뽑은 '올해의 게임 체인저'로 선정되는 영광을 누렸지. 줄리아 로버츠, 케이트 허드슨, 짐 파슨스가 거기 있었어! 또 두 번째 책을

---

* LGBTQ 학생들의 행복한 학교 생활을 위한 단체.

쓰고 있고(엄연한 사실이지) 네가 디자인한 의상은 기업 가치가 10억 달러에 달하는 글로벌 기업 어반 아웃피터스를 통해 유통되고 있어. 미친 거지.

물론 미래의 나, 즉 너에겐 이 모든 게 먼 옛이야기처럼 들릴지도 몰라. 지나간 날의 소중한 추억에 불과할지도. 하지만 얼마나 못 견디게 힘겨웠는지는 기억하지, 그렇지? 키보드를 두드려 이 글을 쓰자니까 이 사실을 인정하는 나 자신에게 은근히 화가 나네. 난 괜찮아. 젠장, 괜찮다니까 그러네! 너 지금 왜 그리 호들갑이냐고 나한테 눈썹을 추켜세웠지? 지난날을 돌이켜보면서 '휴, 쟨 무슨 일이 일어날지(좋은 일이든 나쁜 일이든) 까맣게 모르는군' 하고 생각하면서? 젠장, 지금 네가 어디 있는지 안다면 좋으련만. 네가 무슨 일을 하고 어떤 삶을 누리는지 알 수만 있다면, 이건 뭐 '현재의 내'가 쓴 편지를 병에 넣어 망망대해로 내던지는 그런 기분이네. 편지가 언제 어디에 도착할지, 과연 미래의 내가 받을 수 있을지도 모르면서.

옆길로 새버렸네. 계속 나아가볼게.

앞서 지난날의 나에게 보내는 편지에서, 나는 여러 점을 선으로 연결해서 널 격려할 수 있었어. 이번 편지에서는 도약할 만한 선은커녕 점 하나 보이지 않아. 하지만 이 사실은 알고 있어. 이런 생각이 반드시 내 마음속에 울려 퍼질 거야. '중요하지 않은 것(소유물, 부, 명예)은 모두 잊고 너나 다른 사람이 겪고 있는 일에 집중해.' 왜냐하면 그들이 어떤 일을 겪었고 그 경험으로 어떠한 모습이 되었는지를 보면 그들이 누구인지 정확히 알 수 있거든. 그 경험이 그들을 그들답게 만들지. 작년은 너에게 그런 해였어. 너를 쌓아올린 해. 실연이라는 걸 처음 겪었지.

절친을 잃고 정체성에 살짝 위기마저 찾아왔는데, 극복하기가 만만치는 않았지만 네가 봐도 납득되는 면이 많을 거야. 시간이 해결해준다는 말 있잖아…… 누구나 하는 말. 어쨌든 너는 내가 누릴 수 없는 깨달음이라는 호사를 누리고 있겠지. 게다가 그 깨달음을 주는 사랑도 여러 번 했을 테고. 이 시기를 돌이켜보면서 씁쓸하지만 인정하는 듯한 미소를 짓고 있겠구나. 이 구절에서 웃음을 터뜨릴지도 모르겠네(넌 마음이 불편할 때면 빙긋 웃곤 하잖아). 그런 풋사랑 때문에 정신줄을 놓다니, 도널드 트럼프가 45대 미국 대통령이 된 것만큼이나 어처구니없는 일처럼 느껴질 거야(우리 이겨낼 수 있지? 설마 카니예 웨스트가 46대 대통령이 되는 건 아니겠지? 그것만은 제발).

맞아, 네가 기억하는 대로 작년은 일적으로나 정신적으로나 광풍이 몰아친 강렬한 해였지. 새로운 감정과 경험이 자주 부딪쳐왔지. 난 이제껏 사랑과 인생의 교훈을 두텁고 빠르게 쌓아올려 왔다고 자부해. 너 역시 매번 교훈을 얻었기를 바란다. 내가 얼마나 더 가슴 아픈 연애와 이런 선거를 치러야 하는지는 너만이 알겠지. 네가 몇 번이나 다시 사랑하고 상처받았을지, 감히 짐작조차 못 하겠어. 이런 말은 이상하게 들릴 수도 있지만, 네가 자꾸자꾸 사랑을 경험했으면 좋겠어. 고통 속에서도 인생의 경이로움을 폭넓게 이해하고 감사하기를. 넌 날마다 믿음을 가지려고 무던히 애쓰고 있을 거야. 어느 날 아침에는 사랑의 가치를 굳게 믿다가도 어느새 의기소침해져서 모든 게 무의미하다고 믿곤 하겠지. 고통은 사랑이고 사랑은 고통이야. 이상하지만 둘 다 필요해. 영원한 것은 없어. 난 사랑이 내 인생에서 스승 역할을 해줬으면 좋겠어. 지금쯤 네 가슴엔 상처가 더 많이 생겼겠지. 모난 면은 둥글둥글

해졌을 테고, 세상의 이치를 더 단단하게 꿰뚫고 있을 거야.

다른 한편으론 말이야, 적어도 10여 년은 다양한 종류의 사랑을 만나면서 보냈으면 해. 새 친구들은 생겼어? 옛 친구들과 계속 잘 지내? (옛 친구들에게 연락해보라는 말은 안 해도 되겠지? 가령 카풀을 했던 수영팀 친구나 대학 때 단짝이나 로스앤젤레스 친구들과 연락해서 소식을 들으면 참 좋을 거야. DM을 보내든가, SNS를 하지 않는다면 그냥 전화 한 통 해!) 꼭 친구가 아니더라도 사람들과 서로 사랑을 주고받았으면 해. 넌 머리부터 발끝까지 사랑과 정이 가득한 멍청이니까. 네 영혼에선 감정이 줄줄 흘러내리지. 그건 네 큰 장점인데, 네가 바라는 건 그저 다른 사람도 네게 그렇게 해주는 거야. 그런 사람 꼭 만날 수 있을 거야, 이미 만나지 않았다면 말이지.

'지금의 내'가 너에게 바라는 점이 하나 더 있어. 완벽하게 조화로운 삶을 살지는 말라는 거야. 이상한 요구라는 거 알아. 내 주변의 많은 사람들이 날이면 날마다 평화롭고 조용하며 일정 수준 이상의 단순한 삶을 갈망하지만, 내가 보기에 그건 이루어질 수 없어. (나도 날마다 그런 희망을 품지만 실제로 그걸 원하진 않아…… 알지?) 안 될 거야. 적어도 넌 그럴 수 없어. 이루어질 수 없는 욕망을 품으면 더 힘들어져. 탐욕이 아니더라도 그 열정 때문에. 차라리 야망을 놓지 않도록 해. 마음속의 불길을 소중히 여기고 활용하는 게 좋아. 야망은 네가 자랑스러워하는 너의 특징이니까. 네 야망이 아주 활활 타올랐으면 좋겠어. 더 많은 걸 바라는 허기를 잃지 않았으면 해. 더 많은 지식, 더 많은 감정, 더 많은 경험, 더 많은 꼭대기, 더 많은 골짜기, 더 많은 소통, 더 많은 고독. 더 더 더. 나는 인생의 안팎을 깊이 파고들어 많은 목적을 발견하곤 해. 그

허기를 잃고 싶진 않아. 나 자신의 그런 점을 사랑해야 한다는 걸 깨달았거든. '혹시 모르잖아?' 하는 그 불가사의한 욕망 말이야.

난 네가 더 강인하고 더 대담하고 더 자신만만했으면 좋겠어. 내가 이런 말을 하면 넌 말로 다 못 할 만큼 불안해지겠지, 너답지 않게. 하지만 너만의 우물, 너만의 생각에서 벗어나기가 점점 쉬워지고 있을 거야. 그리고 발전을 향해 성큼성큼 앞으로 나아가고 있겠지. 너도 지금 이맘때를 기억할 거야. 세상을 향해 조용하지만 계획된 너의 자신감을 내뿜던 날들 말이야. 요즘은 대부분이 계산된 것들이야. 참 씁쓸해. 어쩌면 넌 더 이상 네 행동을 별로 의식하지 않을 수도 있겠지. 몸짓도, 머리모양도, 입에서 나오는 말도. 발목부터 머리 사이에 있는 것 모두. 네 마음은 더 이상 웅웅대는 벌집이 아닐지도 몰라. 네 안에서 편안한 안식처를 발견했을지도 모르지. 내가 얼마나 노력했는지 네가 알아줬으면 좋겠어……. 나다운 내가 되려고 정말 노력했거든. 내가 누구인지 천천히 배워나갔다는 것도 알아줘. 대체 가능한 나, 거짓된 나로 살 순 없었어. 나의 본모습은 충분히 훌륭하다는 걸 인정하려면 시간이 걸리겠지.

혹시 이 편지가 오래된 일기의 앞부분처럼 느껴지진 않아? 너도 과거의 너에게 편지를 쓸 수 있으면 좋겠다고 생각하지? 뭐야, 내가 나한테 지시나 하고. *으, 이렇게 말하자니 좀 미쳐가는 느낌이네. 자, 원래 자리로 돌아가자.*

내가 바라는 건 네 행복이야. 이 말 역시 진부하지만, 내가 미래의 나에게 가장 바라는 소망이지. 네가 지금의 나를 어떻게 바라보고 어떻게 느낄지 궁금해 죽겠어. 스물둘, 스물셋, 스물넷의 설렘, 사랑, 황홀, 구름

위를 걷는 느낌을 너처럼 멀리서 느껴보고 싶어. 우리가 서로 이야기를 나누고 메시지를 주고받을 수 있다면 얼마나 좋을까(누가 이런 앱 안 만드나).

내가 보기에 너는 너 자신도 세상도 몰랐던 일을 하게 될 거야. 뭐든 할 수 있다는 것도 근사하지만 한 가지를 선택해 파고드는 일도 멋지지. 앞으로 네가 그렇게 해야 한다고 확신해. 한 방향에 집중하고 그쪽으로 나아갔으면 좋겠어. 뭐가 됐든 창의적이기만 하면 전혀 상관없어. 가장 좋은 걸로 나를 채워봐, 내 목마름을 풀어줘. 내 생각이 맞는다면 넌 어떻게든 길을 찾아낼 거야. 여간해선 실패하지 않아, 뭐든 할 수 있다는 믿음이 있으니까. 그렇게 믿기까지 오래 걸렸지만, 이제 그 믿음이 진실이라는 걸 알아. 미래의 어느 날 그게 생각나지 않거든 잠시 멈추고 자신에게 일깨워줘. 넌 뭐든 할 수 있다는 걸.

남들은 네 행복에 보탬은 될 순 있어도 널 행복하게 만들지는 못한다는 걸 명심해. 너 자신과, 네가 네 안에 차곡차곡 쌓아올린 행복이 처음이자 끝이고 네가 가진 전부야. 그 외에는 모든 것이 길이를 알 수 없는 장(章)일 뿐이지. 하지만 그 장들이 다채로운 색깔과 모험, 삶으로 가득한 알찬 것이었으면 좋겠어. 모든 것이 중요해. 하나하나가 너에게 뿌리를 내리고 있어. 내가 너를 따라잡아 지금 네가 서 있는 곳에 서게 되면, 그 기쁨을 만끽하면서 나를, 우리를 돌아보고 싶어. 자긍심과 만족감을 가지고, 후회 없이. 내 앞에 놓인 텅 빈 페이지를 의식하면서 이 글을 쓰려니까 모든 것이 잘되리라는, 우리가 잘되리라는 확신이 드네. 항상 결국엔 잘되곤 하잖아. 다만 네게 그럴 의지가 있어야겠지. 나도 순진해빠지지는 않아서 어떤 지점에선 어쩔 수 없이 일이 틀어지기도 한다는 걸 알아. 그게 인생이잖아. 참 어처구니없지만, 인생은 일관되게 일관성이 없나 봐. 그래도 행여 바나나 껍질을 밟고 미끄러지거나 구덩이에 빠지면 어떡하나 겁내면서 살고 싶진 않아. 가끔은 걱정이 우리에게 도움이 될 때도 있지만. 경험 하나하나가 나를 정말 멋있는 인간으로 다듬어줄 거야. 넌 진짜 멋있는 사람이 될 것 같아.

네가 변함없이 좋은 사람이기만 해도 좋겠어. 사실 내가 바라는 건 그것뿐이야. 그러니 네 목표를 향해 돌진해, 앞으로 나아가는 거야, 열정을 쫓아가. 거기에 행복이 있어. 내가 네 뒤에 있을게. 너를 향해 가고 있어. 여행 이야기 기대할게. 같이 깔깔대면서 흐뭇한 추억을 되돌아볼 날이 오겠지. 언젠가는. 그럼 그때까지 안녕…….

옮긴이 **황소연**

글 노동자. 연세대학교를 졸업하고 출판 기획자를 거쳐 전문 번역가로 활동하고 있다. 옮긴 책으로『인생의
베일』『브루클린으로 가는 마지막 비상구』『사랑은 지옥에서 온 개』『망할 놈의 예술을 한답시고』『심연』
『뷰티풀 보이』등이 있다.

누구도 혼자가 아닌 시간

초판 1쇄 인쇄 2020년 3월 23일
초판 1쇄 발행 2020년 4월 6일

지은이 코너 프란타
옮긴이 황소연
펴낸이 김선식

경영총괄 김은영
기획 문성미 **책임편집** 이상화 **디자인** 문성미 **크로스교정** 조세현, 정지혜 **책임마케터** 이고은
콘텐츠개발2팀장 김정현 **콘텐츠개발2팀** 문성미, 임인선, 정지혜, 이상화
마케팅본부장 이주화
채널마케팅팀 최혜령, 권장규, 이고은, 박태준, 박지수, 기명리
미디어홍보팀 정명찬, 최두영, 허지호, 김은지, 박재연, 배시영
저작권팀 한승빈, 이시은
경영관리본부 허대우, 하미선, 박상민, 윤이경, 권송이, 김재경, 최완규, 이우철

펴낸곳 다산북스 **출판등록** 2005년 12월 23일 제313-2005-00277호
주소 경기도 파주시 회동길 357 2, 3층
대표전화 02-704-1724 **팩스** 02-703-2219 **이메일** dasanbooks@dasanbooks.com
홈페이지 www.dasanbooks.com **블로그** blog.naver.com/dasan_books
종이·인쇄·제본·후가공 (주)상림문화사

ISBN 979-11-306-2898-1 (03840)

· 책값은 뒤표지에 있습니다.
· 파본은 구입하신 서점에서 교환해드립니다.
· 이 책은 저작권법에 의하여 보호를 받는 저작물이므로 무단 전재와 복제를 금합니다.
· 이 도서의 국립중앙도서관 출판시도서목록(CIP)은 서지정보유통지원시스템 홈페이지(http://seoji.nl.go.kr)와
  국가자료종합목록시스템(http://www.nl.go.kr/kolisnet)에서 이용하실 수 있습니다.
  (CIP제어번호 : CIP2020010027)